DE NULLE PART
LES OISEAUX SURGISSENT

www.editions-jclattes.fr

Claire Léost

DE NULLE PART LES OISEAUX SURGISSENT

Roman

JC Lattès

Couverture : Louise Cand

ISBN : 978-2-7096-7184-2

Première édition mars 2023.

À JS, mon feu.

Pour Vanesa et Jessyca,
qui n'ont pas survécu.

Les vies des gens différents ne sont pas des vies diminuées, elles sont tout aussi vivantes que les nôtres.

ARUNDHATI ROY

On va dans le bois chercher une chose, mais tant d'autres s'y produisent qui nous secouent et nous métamorphosent.

RICARDO CAVALLO

Janvier 2022

Il y a trois ans, une femme était assassinée à dix minutes à pied de chez moi. Elle était arrivée en France un an plus tôt, avec l'espoir de gagner assez d'argent pour offrir une maison à sa mère restée au pays.

Depuis l'annonce de sa mort, je me réveille la nuit trempé de sueur, le poids de son cadavre sur le ventre, son corps et mon corps roués de coups. Son histoire est devenue la mienne. La voici.

1.

Août 2018

Le XVIe arrondissement de Paris, fin août, est une bourgade endormie, qui prend des forces avant le grand réveil. Squares abandonnés, volets clos, commerces et cafés fermés, végétation débordant des terrasses et des balcons, chats alanguis sur les murets, quelques vieilles dames esseulées promènent leurs bichons.

Revenu de mes quartiers d'été, je feuillette la pile de journaux et magazines trouvés sur le guéridon de l'entrée. D'un œil distrait, je survole le numéro de rentrée de *Paris Match* : « Meghan Markle insuffle un vent de modernité vestimentaire à la famille royale, Emmanuel Macron affronte des revendications sur le pouvoir d'achat, la rentrée littéraire sera féministe et décoloniale ». Plus loin, un reportage de huit pages, « Les Nuits fauves du bois de Boulogne », raconte, photos à l'appui, l'assassinat quelques jours plus tôt d'une prostituée abattue dans une allée du Pré Catelan. Son corps nu, ensanglanté, gisant dans l'herbe clairsemée du bois, s'étale sur une double page du magazine.

Immédiatement je sais.

Mains moites, cœur tambourinant, incapable de fixer mon attention, j'attrape à la volée quelques mots imprimés sur la page : vols, coups de couteau, balle mortelle. Sur la photo, ses yeux sont floutés, impossible de reconnaître son visage, mais son prénom et son patronyme s'affichent en majuscules en ouverture de l'article : Laura Fuentes.

J'ouvre la fenêtre à la recherche d'un peu d'air. Dans la rue, rien n'a changé, le soleil est haut dans le ciel, les passants passent et les oiseaux oisellent mais en moi, tout a changé. Je suis un criminel et je dois vivre avec cette réalité. À grands pas je me dirige vers le commissariat de l'avenue Mozart, pressé de déposer mon fardeau.

2.

Deux semaines plus tôt, le jeudi 16 août, une nuit chaude est tombée sur la canopée du bois de Boulogne. On n'entend plus que le froissement délicat des feuilles soulevées par le vent.

Les coureurs, touristes et amoureux ont déserté les lieux. Piscines, tennis et golf privés se sont barricadés derrière leurs hauts portails sécurisés. Les barques en bois du lac supérieur ont été enchaînées après une journée à promener les enfants. Disparues les familles qui lézardaient quelques heures plus tôt à la terrasse des buvettes et sur les pelouses taillées net. Le peintre argentin qui vient ici tous les jours a ramassé ses pinceaux. Aujourd'hui, il est resté plus tard que d'habitude, profiter de la lumière douce du soir. À vingt-deux heures, il a rejoint sa chambre de la place

Parmentier à Neuilly car il sait qu'à ce moment précis le bois se transforme. Quand le soleil a disparu, les filles de joie succèdent aux filles à marier et on ne distingue plus que les tentes de fortune qui abritent les spasmes dans des chemins broussailleux et les camionnettes à passes garées dans les allées. Un bois dangereux éclôt, d'où surgissent tout à coup créatures chimériques et âmes souterraines. En un instant, le bois secret remplace le bois mondain, sans jamais que ces deux mondes se rencontrent. La nuit chasse le jour.

Comme tous les soirs, les quatre cents travailleurs du sexe regagnent leur territoire. Chaque nationalité a le sien. Aux filles de l'Est, l'allée de Longchamp, aux Brésiliennes, celle de la Reine-Marguerite, et aux gays, le parking du restaurant le Chalet des îles.

La petite communauté trans péruvienne a rejoint sa portion de la route du Pré Catelan et guette l'apparition des premiers clients. Arrivées en bus et baskets depuis la porte de Saint-Ouen, où elles habitent, Karen et Laura, les deux inséparables, Jocelyne, la plus ancienne, et Krystel qui voit des fantômes dans les allées, aménagent, comme chaque soir, leur espace de travail, un paravent de tissu tendu entre deux hêtres, ou l'arrière d'une voiture louée à une collègue du jour, sièges baissés, vitres occultées et bâtons d'encens allumés. Puis elles se maquillent, se parfument et enfilent leur tenue de scène. Instants précieux, minutes calmes avant la fureur de la nuit.

À cet endroit, il n'y a aucun éclairage, l'allée est plongée dans l'obscurité. Alors les filles ont installé de petites loupiotes qui éclairent leurs refuges. Ce soir-là, elles sont éteintes, signe qu'elles sont toutes occupées.

Soudain, un cri retentit dans la nuit. *Todas, todas.* Un cri de ralliement qu'elles connaissent bien : l'une d'elles est en danger. Sur-le-champ, elles abandonnent leur client et, munies de lampes torches, cherchent d'où vient le cri.

Tout à coup, une détonation, puis une autre. Elles se jettent à terre dans les fourrés. Au total, six coups de feu, puis des portes claquent, un moteur vrombit et des pneus crissent. Une collègue, restée dans sa camionnette, prend en chasse la voiture, en vain. Les filles se relèvent et se comptent : Laura manque à l'appel. Elles se dispersent pour la retrouver quand le hurlement de Krystel déchire la nuit. « Ils l'ont tuée, ils ont tué Laura. » À terre, la jeune femme, nue, allongée sur le dos, semble transpirer du sang. Elle agonise.

À ses pieds, une douille d'arme à feu, une bombe lacrymogène et une matraque télescopique dépliée.

Les pompiers, arrivés sur place vingt minutes plus tard, tentent de la réanimer. En vain. Le légiste conclura à une mort liée à une « plaie thoracique par projectile d'arme à feu, dont la trajectoire a été immédiatement déviée par un relief osseux entraînant une inondation hémorragique massive dans les poumons ». La balle a rebondi sur la clavicule puis perforé le poumon. La jeune femme est morte noyée dans son propre sang.

Elle avait trente-six ans, un an de plus que l'espérance de vie d'une femme trans au Pérou. Douze mois de vie conquis grâce à l'émigration vers l'Eldorado, la France, avec le rêve de gagner assez d'argent pour offrir un terrain et une maison à sa mère restée au pays, et la certitude que le pire était derrière elle. Trois cent soixante-cinq jours de répit avant de tomber, sous les balles et les lames, dans une allée sombre du bois de Boulogne.

3.

Trois mois plus tôt

Au début de cet été-là, j'étais encore le roi de la fête. Le bonheur m'avait été donné à la naissance, sans effort, et je n'imaginais pas qu'un jour il s'éloignerait.

Je m'appelle Alexandre Vladi. Quand on me demande quel est mon métier, je réponds avocat d'affaires, parce que c'est la formation que j'ai reçue, mais je n'exerce en réalité que pour un seul et unique client : moi-même.

Être le fils du baron Pierre Vladi et petit-fils du grand Horace Vladi, descendant direct du patriarche Joseph Vladi, parti de rien dans un shtetl de l'Empire russe, est plus qu'un métier. C'est l'engagement d'une vie entière. Et une « vie entière » ne nous est pas toujours donnée. J'aime à rappeler que, dans la famille, on peut se vanter d'avoir été persécutés à la fois par les communistes et par les nazis. Et d'abord par de bons orthodoxes, mais ne compliquons pas tout.

Les Vladi ont tout connu. D'abord l'ascension sociale au XIXe siècle, la réussite flamboyante dans la banque, l'assurance, et même la construction des chemins de fer, le tourbillon de la vie mondaine entre Saint-Pétersbourg et Paris.

Puis le tragique. D'abord les pogroms sous Alexandre III et Nicolas II, ensuite la révolution bolchevique et l'exil à Paris. Vingt ans après, nouveau départ tous azimuts vers Londres, New York, l'Argentine, pour échapper à l'occupation allemande. Certains membres de la famille n'ont pas voulu ou réussi à fuir à temps et beaucoup ont disparu. Des vivants, il en reste, disséminés entre l'Europe et les États-Unis, que j'ai cessé de compter tellement ils sont nombreux. Petit, le soir, dans mon lit, je comptais les Vladi, pas les moutons. Je suis issu d'une famille de migrants en somme, je me souviens que mes parents avaient toujours une valise prête au cas où, on ne sait jamais, disait mon père.

De la période faste reste un somptueux immeuble parisien des années trente, avenue du Maréchal-Maunoury, face au bois de Boulogne, réquisitionné et pillé par les Allemands en 1940 puis rendu aux Vladi survivants à la Libération, à la fois symbole éclatant de la splendeur familiale et témoignage de ses misères. J'ai la chance d'y habiter avec ma femme Bénédicte et mon fils Sacha.

Depuis la mort de mon père, j'assume le rôle de patriarche du clan et régente les affaires des multiples branches de la dynastie réunies au sein d'un trust. Et, selon une tradition bientôt séculaire, c'est à un Vladi qu'échoit l'organisation des plus belles fêtes du XVIe arrondissement, où se pressent tous les rejetons de l'élite parisienne. Je n'ai aucun mérite, mon grand-père et mon père m'ont préparé à ce rôle, je l'assume et ne laisserais personne l'occuper à ma place. Un métier, vous dis-je.

Mais je n'avais pas prévu que ma demeure devienne le quartier général de la résistance à une invasion barbare.

4.

Tout commence début juin 2018, quand mes voisins me supplient de rentrer toutes affaires cessantes d'un long week-end dans le Perche. J'ai omis de préciser que je règne également sur le pâté de maisons et d'immeubles du quartier dit du bois de Boulogne, par tout un ensemble de règles non écrites mais communément admises. C'est à moi que revient le maintien de l'ordre, du calme et de la tranquillité. Ici, on n'appelle pas la police ou le syndic. Ceux qui s'aventurent à organiser des fêtes bruyantes sur leur terrasse ou à enfumer les balcons en grillant des côtelettes dans leur jardin ne tardent pas à recevoir la longue enveloppe portant les armoiries de la famille et contenant les arguments propres à les dissuader de recommencer.

Mais jamais on ne m'avait demandé de rentrer de la campagne « compte tenu de l'urgence de la situation ». L'urgence, c'est l'inauguration d'un centre d'hébergement pour sans-abri en bas de chez moi. Un petit matin de janvier a surgi sous mes fenêtres une palissade blanche entourant le chantier de construction d'immeubles modulables en bois, destinés à accueillir « deux cents personnes isolées ou en famille avec des difficultés sociales importantes, orientées par le Samu social ».

Constatant que le XVIe ne compte que dix-huit places d'hébergement d'urgence contre plus de mille dans d'autres arrondissements, la mairie, bien décidée à remédier à cette injustice, a préempté une friche à la lisière du bois de Boulogne.

Un projet qui a transformé le quartier en forteresse assiégée, et cela bien au-delà de mes ouailles : quarante mille riverains ont signé une pétition contre l'installation de ces nouveaux voisins. Les plus motivés tractent sur les marchés avec des banderoles « TERRITOIRE OCCUPÉ », « RÉSISTANCE », « NON AU SANGATTE DANS LE XVIe » et collent des affiches sur les arbres. Avec quel objectif ? Intimider les associations d'aide au logement ? Attirer l'attention des médias ? Je ne l'ai jamais bien su, mais tel le général de Gaulle à son balcon d'Alger devant la foule adorante des pieds-noirs, à chaque réunion de riverains, je lève les bras et clame à tout mon pâté de maisons « je vous ai compris ».

Vendredi dernier, alors que je faisais route plein ouest, la présentation du projet dans une salle de l'université Paris-Dauphine a tourné à l'émeute. Au point que la police a dû exfiltrer par une porte dérobée son directeur, la représentante de la mairie et l'architecte, venus tenter d'expliquer le pourquoi du comment et surtout le ici et maintenant. Sur la scène du grand amphithéâtre, cibles de projectiles et d'insultes, ils ont vite renoncé devant un public chauffé à blanc, hurlant son hostilité, son indignation, son émotion, et, ma foi, sa trouille, face à cette provocation de la mairie socialiste. Patrick, mon meilleur ami en plus d'être un excellent avocat, m'a tout raconté, et la lecture du *Figaro* m'a confirmé le récit.

Me voici donc de retour ce dimanche soir. Ma femme Bénédicte organise chez nous une réunion de crise pour partager les derniers développements de l'affaire. Elle m'avait promis de faire simple, « une petite dînette, l'heure est grave, on n'est pas là pour festoyer », elle a quand même sorti nappes en lin brodé, cristal de Bohême et porcelaine de

Saxe. Résister, oui, mais pas dans de la vaisselle en carton.

Les voisins commencent à arriver sur la terrasse panoramique de l'immeuble qui offre une vue spectaculaire sur l'immensité du bois. À l'est, la tour Eiffel semble à portée de bras, au nord, les lumières de la Défense jaillissent d'un tapis de verdure. Je salue l'antique Lucien Grandpierre, dit le colonel, ancien PDG du Loto qui habite juste derrière, boulevard Suchet, et préside entre deux tremblements, l'Association des riverains du bois de Boulogne dont mon épouse est trésorière. Sébastien Chiche, animateur de télévision pour ménagères, locataire d'un appartement dans l'immeuble d'à côté, me tape dans le dos comme s'il visitait son cousin de campagne. De vieilles dames apprêtées se rapprochent du buffet. « Tiens v'là les ch'veux bleus », se moque mon fils Sacha quand il croise ces voisines sans âge aux reflets céruléens provoqués par les excès de teinture blanche.

Patrick, flanqué de sa nouvelle compagne Maya, salue la bande d'octogénaires, qui voient en lui le sauveur qui va les tirer de ce mauvais pas. À ma demande, il a pris en main la défense des riverains contre le projet et multiplie les recours depuis des mois pour arrêter – ou au moins ralentir m'a-t-il avoué – la construction des bâtiments.

À l'oreille, il me chuchote que les nouvelles sont mauvaises.

Ce soir, les invités n'ont d'yeux que pour cette palissade de chantier intercalée entre l'immeuble et le bois, comme si de derrière ces planches allait déferler une horde assoiffée de sang, de numéraire et de bijoux. J'entends le colonel hurler à l'oreille de sa voisine que depuis la guerre, il a enduré la construction du périphérique, de l'université Dauphine et d'une piscine municipale. Mais un foyer pour SDF, c'est la timbale ! Il y aura des assassinats, des viols, des incendies. L'échauffourée de vendredi n'était qu'un avertissement, une répétition. S'ils veulent la guerre, ils l'auront, dit-il en pointant du doigt la palissade.

— J'y étais à Dauphine, j'ai lancé ma bouteille de Badoit sur la conasse de la mairie, elle a dû reculer, lance une autre, en sirotant son Spritz. On veut emmerder le bourgeois, eh bien, il va montrer de quel bois il se chauffe, le bourgeois.

Une profonde envie d'être ailleurs m'envahit quand j'entends le filet de voix à peine audible de la bonne philippine résonner dans mon dos.

— *Mister, your guests are waiting, Madam said you should speak*, dit-elle le nez sur ses chaussures, avant de s'éclipser comme une ombre.

À la recherche d'un sursaut de courage, je regarde mon fils Sacha, tout juste de retour d'un stage humanitaire en Inde. À 19 ans, du haut de son mètre quatre-vingt-dix, le jeune homme papillonne entre les convives flattés que le regard de cet être solaire à l'insolente jeunesse se pose sur eux. J'observe ce grand oiseau moqueur piquer des canapés au foie gras, ses préférés, avant de disparaître Dieu sait où.

Je vide d'une traite ma deuxième flûte puis fais tinter le cristal :

— Chers amis, merci de votre présence. L'heure est grave, mais heureusement, le colonel, notre cher président, veille au grain et nous a immédiatement alertés. Je vais être franc, la mobilisation de tous n'a servi à rien. Le bâtiment est prêt et on parle d'une inauguration *imminente.*

Un brouhaha horrifié monte de l'assemblée, que je couvre tant bien que mal en haussant la voix :

— Je cède la parole à Patrick Golfino, notre avocat, notre meilleur soldat dans cette bataille.

Patrick s'avance vers l'assemblée, non sans m'avoir jeté un regard plein de flèches.

— Eh bien, Mesdames, Messieurs, vous me connaissez, je suis un battant, un têtu, je mords le jarret et ne le lâche pas. Votre insurrection de vendredi a dépassé toutes mes espérances, bravo pour ce coup de force qui a eu les honneurs de la presse. Mais je dois vous avouer que la situation n'est pas favorable. Tous nos recours ont été rejetés.

Nouvelle clameur de protestation. Le colonel se met à hurler :

— Vous vous fichez de nous ? La mairie installe des bâtiments dans une forêt classée, des habitations en bordure du poumon de la ville. Le tribunal ne peut pas laisser passer ça !

— Argument rejeté par la cour. Ce sont des cubes en bois, entièrement démontables, cachés par la végétation, qui n'auront selon elle aucun impact sur l'environnement, répond Patrick d'une voix qui se veut complice, avant de descendre son verre de whisky.

Un frisson de stupeur traverse les convives.

— Et la sécurité ? renchérit Sébastien Chiche, l'animateur télé. On vit déjà dans un quartier où les trafiquants et les proxénètes sont rois, si tu ajoutes les sans-abri, tu imagines le bordel dans le quartier ?

— Les juges ont balayé l'argument. Rien ne permet de penser que les résidents seront violents, on ne condamne pas les gens sur des préjugés, continue Patrick, de plus en plus mielleux.

Dans ses yeux, je lis qu'il se demande de quel droit ce guignol de la TNT ose le tutoyer.

Grandpierre se lance alors dans une longue tirade sur le prix de l'immobilier du quartier qui aurait baissé de trente pour cent depuis l'annonce de la création du centre et hurle :

— Nos biens ne valent plus rien, la mairie nous spolie, qu'en est-il de nos demandes d'indemnisation ?

Patrick, imperturbable, répond :

— Vous avez entendu comme moi l'adjointe au maire vendredi dernier. Sur quatre mille places d'hébergement d'urgence dans Paris, moins d'une vingtaine se trouvent dans le XVIe. La mairie est en croisade contre nous au nom de la solidarité, elle veut nous punir, vous m'en voyez navré.

— Foutaises ! hurle Grandpierre, une coupe de mon Cristal Roederer à la main. On paie déjà la moitié des impôts de Paris, elle est là, la solidarité !

Mme de La Renardière, la plus âgée et aussi la plus riche de l'assemblée, se redresse à l'aide de sa canne et, d'une voix lente mais assurée, les yeux fermés, lance :

— Ne craignez rien les amis, le XVIe arrondissement est une jungle, avez-vous déjà vu les faibles écraser les forts dans la jungle ?

La doyenne se rassoit difficilement dans un silence de chambre mortuaire. Son mari, Hubert Gallaud de La Renardière, déplie son grand corps raide et enchaîne :

— Comment peut-on installer ces pauvres gens dans un quartier où la baguette coûte deux euros ? La maire veut les aider, elle va les stigmatiser encore davantage, leur mettre des rêves inaccessibles plein les yeux.

Rumeur d'approbation. Une des cheveux bleus, encouragée par le champagne, se lance :

— C'est quand même révoltant de loger des familles avec enfants juste à côté du périphérique, dans ce nuage de fumée toxique. Les voitures roulent vite à cet endroit, vous imaginez le risque de laisser des enfants jouer au foot à proximité ? Je me demande bien ce qu'ils ont dans le crâne, la maire de Paris et toute sa clique d'incompétents. Entendons-nous bien, les amis, je n'ai rien contre ces gens, bien sûr on a un devoir d'accueil envers eux, et je suis une femme de devoir vous le savez, mais pourquoi en bas de chez nous ? Le bois est grand !

Accoudé à un muret de la terrasse, je remarque que le sourcil gauche de ma femme, plus haut que le droit, n'obéit pas aux mouvements de son visage. Je me force à ne pas regarder Maya, mais c'est comme tenter d'éviter la lune par une nuit d'été.

Avant l'arrivée de Maya dans sa vie, Patrick et moi avions suivi des trajectoires parallèles : dépucelés à seize ans, séducteurs compulsifs à vingt, mariés et pères de famille heureux à trente, mariés et pères de famille malheureux à quarante, luttant contre la calvitie et l'embonpoint à l'approche de la cinquantaine. Des années d'amitié rassurantes, sans surprise, rythmées par les mariages de notre bande du lycée Franklin, puis les naissances et de plus en plus les divorces et les enterrements. Un jour de printemps, nos trajectoires ont divergé, quand Patrick a quitté sans crier gare sa femme pour Maya, romancière de vingt ans sa cadette, que Bénédicte avait immédiatement qualifiée de vulgaire. Vulgaire, peut-être, mais excitante songeais-je en écoutant les convives vociférer que « Paris n'est plus Paris mais une ville poubelle et que la maire de Paris, cette communiste, souhaite l'exode des plus riches. » Maya ne me plaisait pas vraiment, trop voyante, mais elle m'attirait. Le genre de fille qu'on ne présente pas à sa mère. Lors de notre première rencontre, elle m'avait en même temps décoché un sourire enjôleur et broyé la main. « Je m'appelle Maya, voile d'illusion en sanskrit », avait-elle précisé. À ce moment, ma seule certitude avait été que ses seins, eux, n'étaient pas une illusion. Ils étaient prodigieux. J'enviais l'audace et la liberté de mon ami.

Patrick me sort de mes divagations mammaires en se plantant devant moi.

— Alexandre, tu as quelque chose à ajouter ?

Envie de fuir. Je n'en peux plus de ce sujet. J'aime régner sur mon royaume en temps de paix, mais tout ce désordre pour quelques malheureux logés dans des cubes en bois plantés dans la verdure me dérange. À dire vrai, je déteste ce rôle de chien de garde qu'on me fait jouer. Chez les Vladi, il y a depuis toujours une tradition d'aide et de générosité à l'égard des plus démunis. Je sais que j'ai beaucoup reçu, et je veille à rendre un peu. Je paie mes impôts sans trop gruger, donne aux associations, finance des soupes populaires, organise chaque année le gala de la Fondation Vladi au Pré Catelan pour financer les études de jeunes de banlieue.

Résigné, je finis par reprendre la parole :

— Chers amis, vous le savez, je suis né dans cet immeuble, comme ma sœur, comme mon père. Ce quartier, pour moi, c'est bien plus qu'un lieu de vie, c'est l'âme de ma famille, l'histoire de mon pays. Je me battrai jusqu'au bout pour empêcher ce saccage. Nous allons déposer de nouveaux recours contre cette folie, vous avez ma parole.

Sous un tonnerre de bravos, je cherche mon fils des yeux, besoin d'une présence aimante après cette épreuve. Mais aucune trace de Sacha. Patrick m'entraîne vers le buffet et me glisse :

— Bien jolies tes promesses, mais l'inauguration est dans trois jours.

5.

Tandis qu'une fois les plateaux de petits fours vidés, les voisins du quartier regagnent leurs appartements, Laura commence sa nuit de travail et enchaîne les clients à quelques centaines de mètres de là. Vers six heures du matin, elle quitte sa tente bricolée avec un drap rouge noué autour de trois troncs d'arbre. Jean et tennis enfilés, elle rejoint à pied son amie Karen, postée un peu plus loin dans une clairière. Elle soupire : la recette de la nuit, à peine quatre-vingts euros, ne lui permettra pas d'envoyer de l'argent à sa mère.

Les clients sont de moins en moins nombreux. Depuis la loi sur la prostitution d'avril 2016, ils peuvent être condamnés à une amende en cas de contrôle, et préfèrent désormais les chambres d'hôtel, plus discrètes. Les filles du trottoir, en manque de travail, acceptent des tarifs beaucoup plus bas. Surtout, la peur ne les quitte plus : les clients exigent des lieux isolés, à l'abri de la police, les forçant à s'enfoncer toujours davantage dans le bois, sur des chemins sans éclairage, à la merci d'un voleur ou d'un violeur.

Alors qu'elle marche dans l'allée d'un pas rapide, elle se trouve tout à coup nez à nez avec un petit homme qu'elle connaît bien, El Nano, venu ce soir avec du renfort. Depuis quelques mois, à la tête d'un groupe de jeunes Égyptiens ultra-violent, le Nain écume le bois. La technique du gang est simple : les clients abandonnent, le temps d'une passe, leur véhicule, dépouillé en quelques minutes. Les victimes se savent dans l'illégalité et ne portent jamais plainte. Mais parfois, les clients se vengent en tabassant les filles, qu'ils croient complices des voleurs. Quand elles ont compris le manège des Égyptiens et prévenu les clients de ne rien laisser traîner dans leur voiture, la violence est montée d'un cran et le gang s'en prend désormais directement à elles. Certaines acceptent les passes gratuites pour échapper au racket. Laura, elle, résiste et affronte les voleurs. Mais ce soir, elle voit la lame d'un couteau briller dans la nuit. Le complice du Nain sort un cutter, et, d'un geste du pouce, menace de lui trancher la gorge. Seule face à deux hommes armés, elle ne peut rien, leur abandonne la recette de la soirée, serre les poings et ravale ses larmes.

Cette fois, elle dénoncera ses agresseurs à la police. Karen, arrivée du Pérou un an avant elle et qui parle mieux le français qu'elle, l'aidera. Mais Karen ne veut pas se rendre au commissariat. Depuis son adolescence à Lima, elle sait de quoi la police est capable à l'égard des trannies, comme on les appelle là-bas. D'ailleurs, certains de ses clients sont des flics qui viennent en civil et ne paient jamais. Elle leur a déjà parlé des gangs qui s'attaquent à elles, mais ils ont toujours mieux à faire. Pire, quand ils n'ont pas leur quota de contraventions, ils reviennent leur infliger une amende pour stationnement illégal ou racolage. Mais Laura insiste, si elles ne parlent pas, le sang va couler alors les deux amies marchent jusqu'au commissariat du XVIe.

Dans le hall, Karen, épuisée après sa nuit de travail, dort sur les genoux de son amie, qui rumine encore sa colère d'avoir lâché cet argent si durement gagné. Après une heure qui pèse une éternité, un policier les reçoit enfin dans son bureau.

— Bonjour Messieurs, dit-il en appuyant sur ce dernier mot.

Il regarde leur carte de séjour périmée depuis longtemps et leur demande de décliner leur identité.

— Tu dis que tu t'appelles Karen, mais y a marqué Oscar Da Silva. C'est Karen ou Oscar ? lance le policier goguenard sans les regarder.

Laura ne parle pas bien français, mais elle comprend la question. D'instinct, elle n'aime pas le sourire de cet homme qui lui rappelle celui de la police péruvienne. Un sourire qui précède les coups et les humiliations. Le sourire du diable.

Le policier parle à sa copine de manière autoritaire, semble la réprimander. Ce ton aussi, elle le connaît bien. À un moment, Karen, les yeux apeurés, se tourne vers elle.

— Il dit que tu dois sortir. Il va prendre mon témoignage et, s'il a des questions, il te les posera après. Attends-moi dans le couloir.

Laura fait non de la tête. Elle sait qu'il ne faut jamais être seule avec des policiers.

— Je reste, dit-elle.

— Tu sors ou vous dégagez toutes les deux, hurle le flic.

— *Todo bien todo bien*, lance Karen à son amie, signe qu'elle n'est pas en danger et va se débrouiller avec le flic.

6.

Laura est née Luis dans le village de Cayalti, sur la côte nord du Pérou. Ses parents travaillent dans un champ de canne à sucre, pour le compte d'un grand complexe agro-industriel qui déduit de leur paie déjà misérable un loyer exorbitant pour leur cahute de deux pièces faite de planches et de torchis. Ils ne possèdent rien à part quelques poules déambulant dans la petite cour derrière la maison.

Quand Luis naît, sa mère Teresa exulte : un garçon ! Le premier après deux filles, un bébé aux yeux noirs si perçants que la jeune femme a le sentiment qu'il a déjà eu plusieurs vies. Elle adore son fils, le trimballe avec elle au champ et à l'épicerie, noué à califourchon sur son dos, comme un bébé gorille. À la différence de ses deux sœurs délurées, pressées de découvrir le monde, le garçon, sage, silencieux, semble habiter sa propre planète. Un bébé tellement calme la journée qu'on l'oublie parfois. En revanche, les couchers sont difficiles, on l'appelle le chewing-gum car il refuse de quitter les bras de sa mère, elle le berce des heures durant avec une comptine de son enfance :

Enfin le printemps
On chante on chante dans les champs
Les arbres fleurissent
De nulle part les oiseaux surgissent
Le soleil accourt
Tout est amour
Le printemps est arrivé
Vêtu de fleurs
Et je voudrais
M'habiller de mille couleurs

Avec les années, le petit garçon se referme de plus en plus sur lui-même, reste allongé sur son lit à rêver tout seul plutôt que de traîner avec les enfants du coin. Ses nuits sont peuplées de cauchemars. Il ne veut jouer qu'avec ses sœurs, s'amuse à se coiffer et à s'habiller comme elles et, l'air de rien, épie leurs conversations. Le soir de ses dix ans, il fond en larmes au moment du dîner et sa mère, perdant patience, lui dit qu'elle n'en peut plus de son cinéma. Les yeux dans son assiette, il prononce cette phrase à voix basse qui sonne comme un coup de tonnerre dans le ciel rouge de Cayalti :

— C'est parce que je suis une fille.

Teresa comprend et prend peur. Elle connaît le sort qu'au Pérou on réserve à ce genre d'enfant. À cette époque, le pays est déchiré par la guerre civile qui oppose les forces armées péruviennes aux guérillas communistes du Sentier Lumineux et du mouvement révolutionnaire Tupac Amaru. Les deux camps ennemis ont en commun une haine farouche des homosexuels et des trans, accusés de propager le VIH dans le pays. Ils les kidnappent, les torturent et les exécutent, fiers de nettoyer la société de ses indésirables. Il n'est pas rare de voir des cadavres flotter dans la rivière, ou abandonnés dans les cimetières avec, dans leurs mains, inscrite sur une feuille de papier, la mention « c'est ainsi que meurent les pédés ». Teresa a entendu parler du massacre de Tarapoto, qui a vu l'arrestation par le mouvement Tupac de huit hommes choisis au hasard dans un bar gay clandestin, traînés dans la rue, et abattus sous les yeux de la population.

La première fois qu'elle voit son fils habillé en fille avec les vieux vêtements de ses sœurs, elle implore les saints, lui interdit de s'habiller ainsi et lui coupe les cheveux. En cachette de son mari et de ses voisines, elle se rend plusieurs fois chez la sorcière du village, la Santera, qui vend amulettes et remèdes ancestraux à base d'herbes. La vieille femme administre au garçon des potions, et il repart avec une petite médaille de la Vierge autour du cou.

Mais les choses se dégradent. À l'école, le garçon, jugé efféminé, est moqué par les élèves et rejeté par les profs. Maigre comme un coucou, harcelé par les autres enfants qui lui jettent des pierres, il revient régulièrement le visage en sang.

Teresa finit par tout dire à Pedro, son mari, qui s'effondre à genoux devant la statue de la Vierge, comme frappé par la foudre. Le diable s'est introduit dans leur maison, lui dit-il en tremblant, il faut partir avant qu'un malheur encore plus grand ne s'abatte sur eux. Elle hausse les épaules, lui répond d'arrêter ses balivernes, les paroles de Luis sont des enfantillages, une lubie qui passera avec le temps.

Désormais, tous les dimanches, Pedro emmène son fils jouer au foot. Luis déteste le foot, les heures passées sur le banc comme tous ceux qui ne courent pas assez vite, les hurlements de l'entraîneur, les douches communes obligatoires après le match.

Un jour, sa mère revient du village les cheveux coupés à ras et un grand sourire sur le visage. Grâce à la vente de sa tignasse, elle est parvenue à rassembler l'argent pour entreprendre un voyage en bus vers Huancabamba, au nord du pays, à la lisière de l'Équateur, village célèbre pour ses sorciers et guérisseurs. Ses chamanes promettent la guérison grâce à un cochon d'inde, symbole de purification et de sagesse, qui prend en charge la maladie du patient avant d'être tué. Pour la première fois depuis longtemps, la mère de Luis s'endort légère : la magie va sauver son fils.

Après des heures en autocar serré contre sa mère, le garçon est conduit dans une pièce sombre au cœur d'un marché animé du village. Il s'assoit, entouré de bougies et de fleurs, et un vieil homme vêtu d'une cape en laine bouillie s'approche, un cochon d'inde au pelage poivre et sel entre les mains. Le sorcier passe la bestiole le long des bras et de la poitrine de l'enfant, avant de la poser sur ses cheveux. Luis, chatouillé par les petites pattes du rongeur, rit de bon cœur, d'un rire contagieux qui envahit sa mère et le chamane, et, le temps d'un instant, la joie revient.

À leur retour, Teresa est convoquée par le directeur de l'école, petit bonhomme bancroche qu'elle connaît bien, ils ont grandi ensemble dans le village d'à côté. Le fonctionnaire demande au garçon d'attendre dehors. À ses yeux fuyants et à sa façon de se gratter la nuque, Teresa sait qu'il est porteur de sombres nouvelles.

— Je n'irai pas par quatre chemins, Luis doit quitter l'école.

— Et pour quelle raison ? Qu'a-t-il fait ?

— Il perturbe la classe. Des parents se sont plaints.

— Plaints de mon Luis ? Tu le connais, il ne ferait pas de mal à un moustique.

L'homme à la chemise trempée de sueur se gratte les mains et regarde fixement la pile de courrier posée devant lui.

— Il y a ces lettres anonymes que j'ai reçues, les insultes, les parents craignent que la maladie de ton fils ne soit contagieuse et s'empare de leurs enfants.

La mère du jeune garçon sent ses yeux s'embuer de larmes, elle regarde par la fenêtre.

— Teresa, je vous ai toujours soutenus, toi et ta famille, mais Luis doit partir. Sinon les parents retireront leurs enfants et l'école devra fermer.

La jeune femme ravale ses larmes, pas question d'offrir son chagrin à ceux qui les rejettent, elle rejoint son enfant, serre fort sa main et bien droite, traverse la cour de l'école lentement.

Le lendemain, elle emmène Luis au champ. Après tout, beaucoup d'enfants travaillent dans les plantations, il aidera ses parents. Mais là encore, au bout de quelques semaines, le chef du secteur lui demande de ne plus amener son fils, dont la malédiction pourrait gâcher la récolte et courroucer les dieux. Elle n'a plus le choix, elle sait la violence qui peut frapper et laisse son fils seul enfermé à la maison toute la journée en priant pour que, grandissant, il renonce à ses manières et se fonde dans la masse des garçons de son âge.

Sur sa chaise en plastique dans le hall du commissariat, Laura pense à sa mère, veuve depuis peu, obligée de vivre sous le toit de sa sœur à Arequipa, loin de son village natal. Sa mère qui la croit cuisinier à Paris. Vingt mille euros, c'est la somme qu'elle doit rassembler pour rentrer au Pérou, lui offrir un terrain dans son village et y faire bâtir sa maison. Elle pense à ses neveux, les enfants de ses sœurs, qui iront à l'université si elle parvient à leur envoyer assez d'argent. Pour le bonheur de sa famille, elle est prête à tout endurer : les heures d'attente dans le froid d'hiver sur sa portion de trottoir, les moqueries, les crachats, l'indifférence hostile de la police, et même la violence. Un jour, une fois fortune faite, elle rentrera au village et lira la fierté dans les yeux de sa mère. Son passage sur terre n'aura pas été vain. Son village lui manque. Enfant, de la fenêtre de sa chambre où elle passait des heures à s'ennuyer à chaque exclusion de l'école, elle apercevait les feuilles des orangers, des manguiers, des papayers et rêvait qu'elle vivait dans ces branches colorées et fraîches, au-dessus du monde, à l'abri de la chaleur étouffante et des enfants lanceurs de pierres. Au bois aussi, elle vit au milieu des arbres, mais ici ils sont sombres et menaçants.

Elle sait qu'elle repartira seule au Pérou, sans Karen. Son amie fait partie des rares filles qui n'aspirent pas à sortir du bois. Elle est heureuse, avec son compagnon chauffeur-livreur, un ancien client ; ils vivent dans un petit appartement de la porte de Saint-Ouen. Karen aimerait seulement travailler le jour, et passer les nuits avec l'homme qu'elle aime plutôt qu'au bois.

Quand la jeune femme sort du bureau du policier, son mascara a coulé le long de ses joues, elle tremble.

— Viens, on se barre d'ici, lance-t-elle en tirant Laura par le bras.

Dans la rue, assise sur un banc, elle sort une flasque de whisky de son sac à main, avale une gorgée, tremble de tout son corps, mais ne pleure pas. Depuis longtemps elle n'a plus de larmes. Elle raconte qu'elle a parlé au flic du Nain et de son gang, mais qu'il écoutait à peine, affalé sur son siège, les jambes écartées, absorbé par un match de boxe sur l'écran de son ordinateur. Il lui a demandé de baisser son pantalon, puisqu'elle refusait de lui dire si elle était fille ou garçon. Devant son refus, il l'a insultée, a saisi sa matraque et a tâté ses testicules comme s'il choisissait une pomme sur un marché. Ensuite il a ouvert sa braguette et exigé une fellation. Karen sentait le bout de sa matraque dans son cou. Enfin, il lui a dit de dégager, et que si un gang l'assassinait, il mériterait une médaille.

Les deux filles rejoignent l'arrêt de bus et s'affalent sur le banc, à l'abri du vent. Avec leur détour au commissariat, elles ont raté le premier bus du matin.

7.

Le 10 juin, flanquée d'un essaim d'adjoints et d'une escorte policière bien garnie, la maire de Paris inaugure le nouveau centre social du XVIe arrondissement, baptisé La Promesse de l'aube. Elle a annulé plusieurs fois le rendez-vous et est venue en fin d'après-midi, espérant passer inaperçue. C'est compter sans la technophilie du colonel qui, d'un coup de WhatsApp, a rameuté une troupe de riverains massés le long des grilles, et hurle dans son mégaphone tout neuf trouvé sur AliExpress. Les « Salope » ou « Hidalgo démission » retentissent dans l'air et rebondissent sur la troupe municipale indifférente.

J'observe la scène depuis ma terrasse, reconnais la plupart des manifestants, songe un moment à m'interposer pour faciliter le dialogue. Je ne bouge pas. Beaucoup par lâcheté, un peu par honte, honte des habitants du quartier, et encore plus d'en faire partie.

J'ai rendez-vous avec Sacha pour aller courir dans le bois, son séjour à Bénarès l'a beaucoup amaigri et je tiens à le remplumer. L'adolescent est encore en retard. C'est de son âge, il aura croisé un ami du lycée, c'est la deuxième fois cette semaine qu'il me plante.

Après vingt minutes à attendre un texto d'excuses, je décide d'aller courir seul, besoin d'expurger les torrents de fiel déversés sous mes fenêtres et la colère que je sens monter en moi contre l'ingratitude des enfants. Je passe devant l'ambassade de Corée, longe la piscine d'Auteuil et m'engouffre dans le bois. Mon itinéraire, toujours le même, me mène sur les bords du lac supérieur, dont je fais le tour à petites foulées avant de me perdre au hasard des chemins de traverse et de retrouver ce banc qui m'attend face au hêtre pourpre du Pré Catelan. Quarante ans que je fréquente ces arbres, que je les regarde s'étirer vers le ciel, se réchauffer au soleil du printemps, puis s'endormir en automne, avant de s'envelopper dans le froid jusqu'à l'année suivante. Ici, je me sens chez moi.

Bénédicte n'entend rien aux arbres, les voit à peine, ne les regarde jamais, ne distingue pas un chêne d'un peuplier. Mais je dois reconnaître qu'elle prête plus d'attention que moi à nos semblables et peut-être les aime davantage.

À la fac de droit, où j'avais été pendant un an son maître de conférences, j'avais ramé longtemps avant qu'elle ne pose ses yeux noirs sur moi, l'héritier de la noblesse russe, beaucoup trop dandy, clinquant, superficiel. Issue d'une famille de la bourgeoisie catholique de Lyon, elle avait fui à Paris pour échapper au destin de sa mère, veuve de médecin avec quatre enfants à charge. Bonne élève, belle, légère comme une danseuse, elle tournoyait au milieu d'une ribambelle d'intellos boutonneux dont elle était la reine. « Préfères-tu Stendhal ou Balzac, Kant ou Hegel, Platon ou Épicure ? Tu n'as lu aucun livre », soupirait-elle en secouant la tête. Moi, je ne voyais que ses yeux qui se plissaient quand elle riait et sa moue tantôt perplexe tantôt exaspérée, toujours si terriblement sexy.

Il fut un temps où je la guettais des heures, posté devant la bibliothèque Sainte-Geneviève où elle avait ses habitudes, jusqu'à ce qu'elle surgisse et écarquille les yeux, « Quel incroyable hasard de vous croiser ici ». Je partais heureux, souverain, enivré de son sourire.

Aujourd'hui, je me demande où est passée cette flamme.

Deux heures plus tard, à la sortie du bois, j'aperçois une colonne de fumée noire qui monte au ciel et renifle une violente odeur de brûlé. Deux camions de pompiers sont garés devant la grille de La Promesse de l'aube et aspergent un des modules en bois. Ils commencent très fort, ces nouveaux voisins, à peine trouvé un abri, ils y fichent déjà le feu. À la vue des résidents alignés sur le trottoir, observant inquiets le combat des soldats du feu, je comprends : ce ne sont pas les envahisseurs qui ont incendié le centre, mais mes propres voisins et amis.

À l'intérieur, un groupe fait la chaîne pour évacuer cartons et sacs-poubelles. Parmi eux, une frêle jeune femme distribue les consignes avec autorité. Je l'ai aperçue tout à l'heure, guidant l'équipe Hidalgo dans le bâtiment, sûrement la directrice.

Elle passe devant moi, sans un regard. Je la rattrape.

— Besoin d'aide ?

Elle me dévisage avec méfiance, semble hésiter, puis :

— C'est pas de refus. On sort toutes les affaires des chambres. Prenez des sacs-poubelles, là, notez-y le numéro de la chambre au marqueur, et remplissez avec tout ce que vous trouvez. Et dépêchez-vous, les pompiers font tout évacuer, ça brûle encore.

— Dans un sac-poubelle ?!

La jeune femme, visage de piaf effaré, hausse les épaules.

— Vous croyez quoi ? Ce qu'ils ont, ils le portent sur eux. Commencez par les draps, les couvertures, mettez au-dessus les boîtes de lait en poudre et les biberons des enfants.

Puis elle me tourne le dos et file, toute menue, dans sa tenue d'adolescente : jean blanc, tee-shirt noir et baskets. J'attrape un sac et m'engouffre dans le deuxième cube en bois. L'odeur de brûlé me pique les bronches. Les chambres, des rectangles d'environ cinq mètres sur deux, contiennent un lit et un placard. J'entre dans la première, ramasse tout ce que je trouve : claquettes, bonnets et chaussettes en laine, médicaments, vieux papiers jaunis, quelques vêtements, et enfourne le tout dans le sac. La moitié d'un sac suffit, tout un patrimoine dans un demi-sac poubelle.

Après quelques allers-retours, je rejoins les volontaires attroupés devant le tas de sacs empilés sur le trottoir qui contiennent la vie de deux cents personnes. La jeune femme aux cheveux courts distribue des gobelets en plastique remplis de soupe aux bénévoles et aux résidants. De la soupe en plein été, quelle drôle d'idée je songe, avant de noter que la plupart n'ont qu'un tee-shirt sur le dos, et patientent ici depuis des heures dans la fraîcheur de la soirée.

Dans le troupeau de naufragés, je reconnais un visage qui émerge à côté de la jeune directrice : Sacha, mon fils !

— Papa ? Tu fais quoi ici ?

— La même chose que toi, on dirait.

Je lance à la jeune femme :

— Si vous avez besoin de quelque chose, n'hésitez pas, j'habite à côté.

— Ça va aller, je crois, la mairie nous a trouvé des chambres d'hôtel pour ce soir.

— Je peux vous apporter de la nourriture, des couvertures, des médi…

— Non ça ira, on a juste besoin de calme et de sécurité. Vous vivez ici, vous connaissez les gens du quartier, dites-leur de nous foutre la paix. Vous avez peur de mes pensionnaires, mais eux, ils ont encore plus peur de vous. J'ai passé le message à votre fils, je compte sur vous. Et à tout hasard, faites-leur savoir qu'une plainte pour incendie criminel va être déposée. On ne va pas se laisser faire.

Elle me tend un gobelet brûlant de soupe à l'oignon en me fixant droit dans les yeux et passe au suivant. Attifée comme ses pensionnaires, coiffée comme un soldat avec ses cheveux ras qui surmontent une nuque ravissante, elle est jolie mais ne semble pas le savoir.

De retour chez moi, je tombe dans l'entrée sur un Patrick tout essoufflé :

— Pardon, je suis en retard, j'arrive du palais de justice.

— Moi aussi je rentre à l'instant. Tu as vu que le centre d'à côté a pris feu ?

— Quoi ? Un incendie ? Cela dit, un bon méchoui de migrants, ça réglerait le problème, non ?

— Arrête avec ton cynisme, ça va trop loin, on devrait mettre un terme aux procédures. Notre tranquillité ne justifie pas de faire rôtir deux cents personnes dans les flammes. En plus, figure-toi que Sacha y travaille comme bénévole.

— Ah. Dis-lui de faire attention. Ce cinglé de colonel ne renoncera jamais, il se chargera de détruire ces cabanons au lance-roquettes. Tu peux lui faire confiance. À ta place, j'irais lui faire une piqûre de calmant.

Avec l'ascenseur, nous montons directement sur la terrasse, où, comme à notre habitude, autour d'un cigare et d'un whisky, nous échangeons préoccupations et perspectives sur l'état du monde et du nôtre en particulier. Et nous tombons d'accord : chacun a droit à une place sur terre et nous, nous avons le devoir de leur foutre la paix.

Après le départ de Patrick, je guette le retour de Sacha jusque tard dans la nuit. J'ai toujours considéré mon fils comme une personne à part entière, lui parlant d'égal à égal, sans la mièvrerie qu'on réserve parfois aux enfants. Argent, religion, politique, sexualité, nos sujets de discussion sont sans tabou et nos conclusions, souvent les mêmes.

On m'avait parlé du délicat passage à l'adolescence en me prévenant : si tu veux de l'amour, achète plutôt un chien. J'avais pensé pas lui, pas moi, et j'avais raison, Sacha est ma plus grande réussite.

Bénédicte s'inquiète, trouve que ces derniers temps, toujours le nez dans son iPhone, il ne s'exprime plus que par borborygmes et monosyllabes. « Yep », glapit-il quand sa mère lui demande s'il a commencé à réviser ses cours pour la rentrée. « Sais pas encore », soupire-t-il à propos de la destination de sa soirée à venir. Selon ma femme, j'ai la dent trop douce envers lui, je ferme les yeux sur ses notes en chute libre depuis un an et les récriminations des profs qui le trouvent dispersé. Dans mon souvenir, j'étais aussi un élève moyen, qui s'ennuyait, un jeune homme agité avant de me ressaisir en fac et de cravacher pour être à la hauteur des attentes paternelles. Je serais heureux que Sacha fasse son droit, comme moi, puis prenne la suite dans la gestion des affaires familiales. Les dieux de la fortune se sont penchés sur son berceau, comme sur le mien avant lui, son destin sera grandiose.

Quand, enfin, il paraît, le visage couvert de suie, il s'affale dans la méridienne.

— Pourquoi je ne t'ai pas raconté ce que je fais chez nos nouveaux voisins ? Tu n'aurais pas compris.

— Je croyais qu'on pouvait tout se dire, toi et moi.

— Eh bien, mon voyage en Inde m'a changé, c'est tout. J'ai vécu avec quelques euros par jour et toute ma vie dans un sac à dos. Une fois de retour dans notre maison pleine comme un magasin d'antiquaire, je me suis rendu compte que j'étouffais. Dans la rue, je suis tombé sur cette petite dame, qui se débat pour offrir un toit à des dizaines de personnes. On a sympathisé, je lui ai proposé mon aide. Tu sais tout. Ah, et encore une chose, j'ai été soulagé de voir ta réaction en bas. Et de savoir que ça ne venait pas de toi cet incendie.

Nous contemplons en silence les tours de la Défense qui scintillent dans la nuit. Plus bas, on distingue à peine le centre d'accueil dans la nuit noire.

8.

Tandis que les riverains du XVIe n'ont pas renoncé à chasser la horde qui menace leur tranquillité, ils ignorent qu'à quelques hectomètres de leurs foyers, une poignée de prostituées sud-américaines doivent elles aussi se défendre contre une meute autrement dangereuse.

Depuis le détroussage de Laura, la situation a encore empiré : les descentes des Égyptiens sont quotidiennes. Le Nain arrive toujours accompagné d'un ou deux complices, jamais les mêmes, armés de matraques et de couteaux. Un soir, il viole l'une des filles, Maria, sous la menace d'un cutter. En partant, il hurle : « Je suis le diable, je vous aurai toutes une par une. »

Les filles doivent se protéger ou quitter le bois. Boubacar, le fiancé malien de Jocelyne, une collègue du bois, la voit un soir rentrer dépouillée de son sac à main, et les bras bleuis de coups de matraque. Révolté, il propose aux filles de devenir leur garde du corps. Ceinture noire de karaté, Boubacar rassure la petite troupe : « Ils ont intérêt à courir vite, vos rebeus. » Quatre fois par semaine, après sa journée de chauffeur Uber, caché dans les buissons, il surveille les va-et-vient dans les allées.

Elles peuvent aussi compter sur la présence de Bushman, un clochard qui vit avec ses chats dans une cabane nichée au fond de la roseraie du parc de Bagatelle. Habitant du bois depuis bientôt dix ans, il a suivi le parcours classique du SDF. Ouvrier spécialisé chez un sous-traitant de Renault pendant vingt-cinq ans, marié, un pavillon à Aulnay, puis la vie qui bascule : accident du travail, chômage, divorce et, enfin, la rue, avec l'alcool comme béquille. Encore vivant après plus de deux décennies passées sous les ponts, il déjoue toutes les statistiques. Les gardiens du parc tolèrent sa cabane cachée dans un épais fourré derrière les hautes grilles du parc, cadenassées chaque soir à vingt heures.

Pour un SDF, être à l'abri signifie d'abord à l'abri des mauvais coups. Plusieurs fois, la maraude l'a ramassé dans le bois et hébergé dans un centre social, mais il s'est toujours enfui pour retrouver ses chats et ses copines, les Péruviennes. Il aime leur compagnie, leur rend des petits services, prévient de l'arrivée de la police, et, quand c'est trop tard, détourne l'attention des flics en les insultant, laissant aux filles et à leurs clients le temps de s'échapper. En échange, Bushman récupère souvent des barquettes de nourriture qu'une association livre tous les soirs aux prostituées du bois et s'en régale avant de donner les restes à ses chats.

Longtemps, sa présence incongrue a fait office de service d'ordre. Il jouait au vagabond dérangé balançant des bouteilles sur les curieux ou les radins. Mais l'ambiance du bois a changé. Plusieurs fois tabassé, fatigué et impuissant devant la montée de la violence, il a supplié ses copines de trouver une protection et, depuis l'arrivée de Boubacar, il se sent apaisé. Cette fois, il compte accepter l'offre du Samu social qui lui propose un hébergement dans un nouveau centre dont les fenêtres donnent sur le bois. Une occasion unique de dormir au chaud et au sec, à deux pas de « chez lui » et de ses chats.

Un soir, Boubacar réunit toutes les filles avant le début de leur service, et donne à chacune une bombe lacrymogène qu'elles glissent dans leur sac. Les filles rapprochent les tentes entre elles et mettent en place un cri de ralliement, *todas, todas.*

Pendant quelques semaines, le stratagème fonctionne. Les Égyptiens ne se montrent plus et le business reprend. Les clients réguliers, qui avaient déserté ces dangereux parages, réapparaissent. Se croisent ainsi des cadres de la Défense, siège bébé à l'arrière de la voiture, qui font un arrêt à la sortie du bureau, des jeunes de banlieue pour qui le bois est une étape avant la discothèque, des têtes connues de footballeurs, animateurs télé ou hommes politiques, des vieux du quartier venus à pied, en voisins. Boubacar est bien occupé à débusquer les voyeurs qui se cachent dans les fourrés pour assister au spectacle.

Le calme revient sur la route du Pré Catelan. Vers six heures du matin, les filles se changent, remballent leurs affaires, discutent, avant de regagner l'arrêt de bus escortées par leur garde du corps et de laisser la place à l'équipe de jour.

Un soir, par une nuit claire, un des Égyptiens s'introduit sur leur territoire, fracture le véhicule d'un client, attrape tout ce qu'il peut et s'apprête à fuir avec son butin quand Boubacar le prend par le col et le soulève.

— Tu vas où comme ça, mec ?

Le voleur tente de frapper son adversaire, mais celui-ci est bien trop adroit et le met à terre, les bras derrière le dos, avant de lui enfoncer son genou dans les côtes. L'homme, immobilisé, gémit de douleur.

Les filles sorties de leurs tentes applaudissent, prennent des photos et applaudissent leur ange gardien qui pose, torse bombé, agenouillé sur le dos du bandit. Relâché, le jeune Égyptien s'enfuit à travers les broussailles.

9.

L'incendie m'a laissé comme une boule de plomb dans le ventre. Il faut que j'agisse avant le drame.

Après un long footing, incapable de chasser l'image du bâtiment en flammes, je me rends en fin de matinée, sans prévenir chez Lucien Grandpierre, boulevard Suchet.

Sur le seuil de sa maison, le vieil homme, peignoir et charentaises, paraît beaucoup moins flamboyant que la veille, quand, plus colonel que jamais, il haranguait la maire de Paris, encouragé par la meute guerrière des voisins. Ce matin, je vois devant moi un très vieux monsieur appuyé sur une canne.

— Quelle surprise, vous ici ! Depuis la disparition de ma chère Éléonore, je ne reçois plus guère de visites.

Il m'indique un grand fauteuil d'évêque style Louis XV.

Le vieillard tremble un peu, s'assoit avec peine, puis agite une clochette qui fait surgir une femme replète.

— Madeleine, du thé et des biscuits, vous voulez bien. Quel bon vent vous amène, jeune Vladi ? Moi qui ai bien connu feu votre père, un homme remarquable à tous égards, je dois vous avouer que je ne croyais guère en vos capacités à reprendre le flambeau paternel. Pour une fois, je me suis trompé. Quel talent !

— Merci, venant de vous, grand capitaine d'industrie, je mesure la valeur du compliment.

La pièce sent la cire et la mort.

Le vieux bouc se redresse :

— Approchez-vous donc, je n'entends plus guère, il faut parler à ma bonne oreille, la droite.

Collé à l'oreille du patricien, qui mâche avec difficulté un sablé en fermant les yeux, je déroule le discours préparé pendant ma nuit sans sommeil :

— Cher Lucien, vous me connaissez, vous connaissez ma famille, nous avons mené ensemble de nombreux combats pour la préservation de notre quartier, nous partageons des valeurs de concorde et d'unité. Aussi, le moment est venu de ramener la paix dans nos rues. Les habitants du centre ne sont pas des sauvages, mais de pauvres gens perdus, je les ai vus. Laissons-les s'installer, laissons-les tranquilles.

Le vieillard se redresse d'un coup dans son fauteuil et ouvre les yeux, comme s'il avait entendu un coup de feu.

— Jeune homme, vous l'ignorez sans doute, mais je me suis battu au côté du général de Gaulle, et comme lui, je refuse qu'une guerre juste doive s'arrêter. Nous continuerons par d'autres moyens, c'est tout.

Je n'ai jamais entendu parler des faits de résistance invoqués par Grandpierre. D'après mon père, il avait surtout commercé avec les Allemands avant de se coller un brassard à croix de Lorraine en août 1944 et de s'affirmer gaulliste, mais je décide de ne pas m'y arrêter.

— Lucien, hier vous déclenchez un incendie, demain quoi ? Une fusillade ? Une bombe ? Une attaque chimique ? Je comprends votre colère, mais on a déjà les migrants et la mairie sur le dos, vous voulez qu'en plus, la brigade antiterroriste vienne toquer à nos portes ?

— Technique classique de guérilla. Casser le moral de l'ennemi, retirer l'eau du bocal et, à la fin, tirer dans le tas ! Quand les staliniens de la mairie comprendront notre détermination, ils renonceront.

— Tirer dans le tas ? Mais Lucien, ici ce n'est pas l'Indochine, c'est le XVIe arrondissement. Et il y a soixante-dix enfants dans ce tas.

— La guerre est le prolongement de la politique par d'autres moyens. Clausewitz, vous connaissez ? Ou si vous préférez, qui sème le vent récolte la tempête. Il y a aussi la vieille théorie de l'omelette et des œufs, vous voyez ? Allons, jeune Vladi, ne tremblez pas devant l'ennemi. Nous empêcherons l'invasion de nos terres, les viols et les agressions de nos femmes et de nos enfants.

Discussion inutile, ce vieillard à moitié sénile ne changera pas d'avis.

— Je comprends, cher Lucien, restons solidaires, appelez-moi avant toute action, je vous aiderai.

— Une autre tasse de thé, jeune Vladi ?

— Merci non, le travail m'appelle, je me sauve, et surtout, n'oubliez pas, prévenez-moi avant la prochaine offensive.

Le colonel n'a pas le temps de se relever que je suis déjà dehors. Besoin d'air. J'expire et inspire profondément. Dieu sait ce que va encore manigancer ce vieux dingo. Que faire ? Prévenir la police ? La mairie de Paris ? Pas simple. Le vieux a ses entrées à la Préfecture, connaît tous les juges qui comptent à Paris. Je sais qu'il a déjà lancé des fatwas à coups de rumeurs sexuelles et déboulonné des importuns d'une simple dénonciation fiscale. Ce vieux schnock a les moyens de me nuire, il connaît bien les secrets de la famille. Je vais devoir m'y prendre autrement.

Quelques minutes plus tard, posté derrière le grillage du centre, j'aperçois des enfants slalomant sur leurs trottinettes, une femme qui allaite son bébé debout le dos contre un mur, une dizaine d'hommes postés devant le guichet de livraison des repas.

À travers la grille, j'interpelle un vieillard au teint jaunâtre, assis sur un banc, immobile, les yeux rivés sur l'horizon.

— Pardon de vous déranger, je cherche la directrice.

Le vieillard lève la tête, me regarde à peine, puis tend son bras vers la gauche. J'aperçois le profil de la jeune femme, ses cheveux courts et foncés surmontant sa nuque délicate. Aujourd'hui elle porte une combinaison en toile qui épouse sa silhouette androgyne. Autour d'elle, des types avec des casques forment un demi-cercle. Des mots étranges s'échappent au-dessus du petit groupe : encapsulage, séchage, suie volatile. Je me demande où cette femme au physique de moineau a appris à diriger des ouvriers du bâtiment.

Tout à coup, elle tourne la tête et me sourit. L'intensité de son regard me saisit, des yeux vert-bleu, ronds comme des billes, qui me démasquent d'un battement de cils.

— Vous venez aider à repeindre mon bureau ? Vous n'avez pas la bonne tenue, dit-elle à travers le grillage sous les rires des ouvriers.

Je me sens tout à coup ridicule dans mon costume cintré de chez Howards.

— Entrez donc, on n'est pas au zoo ici, dit la jeune femme qui s'est approchée du grillage. Au fait, moi, c'est Jeanne.

Comment lui dire qu'en ce moment précis, où elle semble légère et confiante, un vieillard enragé est prêt à tout pour la faire disparaître ?

— Moi, c'est Alexandre. Je sais que vous ne voulez pas de mon aide, pas de charité j'ai bien compris, merci. Mais je ne vois plus mon fils depuis qu'il passe ses journées ici. Accepteriez-vous de déjeuner avec lui et moi ? Le meilleur bistrot de Paris est à deux pas.

Elle me regarde, perplexe, et avec un haussement d'épaules lâche :

— Oui pourquoi pas, je n'ai rien mangé depuis l'incendie, ça n'arrête pas depuis ce matin. Attendez-moi cinq minutes, j'appelle Sacha et j'arrive.

Quelques minutes plus tard, nous traversons d'un pas vif la place de Colombie. Jeanne marche juste derrière Sacha et moi, comme pour marquer une distance.

Lorsque je franchis le seuil du restaurant, le serveur vient immédiatement nous saluer et nous conduit à ma table habituelle.

— Messieurs Vladi, quel plaisir.

— Serge, voici Jeanne, qui vient d'emménager dans le quartier.

— Bienvenue, Mademoiselle. C'est un village ici, tout le monde se connaît, vous allez adorer. Messieurs Vladi, je vous mets comme à chaque fois ? L'entrecôte Vladi, un verre de chablis et un Perrier pour le jeune homme ?

D'habitude, je suis fier d'impressionner mes convives dans ce restaurant où je viens depuis l'enfance et où le patron a même baptisé une entrecôte à mon nom. Mais ce midi, devant l'obséquiosité du serveur et le regard moqueur de Jeanne, je me trouve grotesque. D'un timide hochement de tête, je finis par accepter sous le regard amusé de Sacha.

— Et pour Mademoiselle ? J'ai de la sole. Un régal. Ou les premières girolles de l'automne peut-être ?

— Merci, l'entrecôte machin, ça ira très bien, répond Jeanne sans même regarder la carte. Avec un Coca bien frais s'il vous plaît.

Je vois bien qu'elle se contrefiche du contenu de son assiette, encore sous le choc des événements de la veille.

— Ils servent jusqu'à minuit, c'est très pratique, vous serez toujours dorlotée ici, le patron est un ami.

— Merci pour l'adresse, mais ce n'est pas mon genre de cantine…

Je balance la jambe. Impression d'être un ours devant une gazelle.

Jeanne mange vite, le nez dans son assiette et ne pose pas de question. L'estomac noué, je me lance :

— Je voulais vous dire…

Cœur qui bat trop fort. Sudation soudaine. Langue pâteuse. Devant cette femme de dix ans ma cadette, je me sens comme un enfant au tableau.

— Oui ?

— L'incendie… enfin, je sais que c'est difficile à entendre, mais… il y a des gens qui…

Sacha, peu habitué à voir son père bafouiller, se tourne vers moi. Imperturbable, Jeanne découpe sa viande et relève la tête :

— Vous voulez dire que la cause de l'incendie n'est pas un court-circuit malheureux ou un mégot de cigarette jeté par inadvertance ? J'avais compris, merci.

— Certains sont prêts à tout dans le quartier pour que vous disparaissiez. Je voulais vous mettre en garde, l'environnement est hostile, je me demande s'il n'y a pas des endroits plus…

— Plus appropriés vous voulez dire ? Des endroits où ils ne jureront pas avec le décor ?

Ses joues se sont empourprées tout à coup, elle fixe son assiette.

— Papa s'est mal exprimé, tente Sacha. Il s'inquiète pour vous, c'est tout.

Je n'ose plus bouger un sourcil. Cette femme est une catapulte. Elle sort un tract de sa poche, sur lequel je reconnais le logo de l'Association de défense du bois de Boulogne, et lit à haute voix :

« Centre d'hébergement d'urgence en lisière du bois : que vont devenir nos crocus et nos lapins ? Nos hérons et nos cygnes ? Nos oiseaux migrateurs ? »

Elle repose le tract.

— Les fleurs, les petits lapins et les volatiles, d'accord, mais des humains, on n'en veut pas.

— Je voudrais vous aider, lui dis-je d'une toute petite voix.

Elle me détaille longuement, comme si elle me regardait vraiment pour la première fois, puis se radoucit.

— « Aider », vous n'avez que ce mot à la bouche. Arrêtez de chercher à les aider, cherchez plutôt à découvrir qui ils sont. Vous vous souvenez du vieux monsieur sur son banc à qui vous avez parlé ? C'est Bushman, il vit dehors depuis vingt ans, ne supporte pas d'être enfermé, est malheureux en communauté. Il demande à sortir, à se promener dans le bois, mais la dernière fois, il est parti tout seul, s'est perdu et s'est fait dépouiller. Monsieur…

— Alexandre, s'il vous plaît.

Elle masse sa nuque, plisse les yeux, semble hésiter, regarde Sacha puis plante de nouveau son regard dans le mien, avec un sourire de défi :

— Il y a peut-être quelque chose, si vous tenez tant à nous aider…

— Tout ce que vous voudrez.

— C'est un peu délicat, il faudra de la patience, du tact, du temps…

— Tout ce que vous voudrez, je vous dis.

— Alexandre, accepteriez-vous d'être le tuteur de Bushman ?

10.

Banni de l'école et des plantations, le petit Luis a néanmoins le droit de sortir, dans la journée, quand tout le village travaille aux champs. Il flâne à la *pulperia*, qui vend tabac, fruits, légumes et ustensiles en tout genre. Ensuite, il marche jusqu'au lac entouré de dunes de roches. Un lac bleu cyan bordé au nord par un sol sablonneux, au sud par une abondante végétation. Une fois descendues les marches très raides, c'est un endroit tranquille, où personne ne vient jamais, paradis des papillons et des oiseaux multicolores. Le garçon s'allonge à l'ombre des flamboyants, et, bercé par le murmure de l'eau, contemple les hibiscus en fleur, les manguiers, les papayers qui montent au ciel comme des échelles et qu'il aimerait tant escalader. Le monde est-il plus beau quand on le voit d'en haut ? Souvent, il pense à la mort. Il n'y a aucune autre solution à son problème. Sa disparition libérerait sa mère du fardeau de sa naissance. Il pourrait veiller sur elle de là-haut, comme les colibris géants au sommet des bougainvilliers protègent l'équilibre de la lagune.

Adolescent, il parvient à gagner un peu de sous comme employé de la tenancière de l'épicerie du village, qui le connaît depuis l'enfance. Il défait les cartons, range la marchandise, chasse les araignées, garde la boutique quand la vieille femme est en ville.

Un jour d'ennui ordinaire, il aperçoit une silhouette près du lac, assoupie sous un manguier, à l'ombre du soleil qui cogne fort. Il s'approche, et un visage lui sourit. Le visage d'un beau jeune homme qui lui dit s'appeler Karen. De cinq ans son aînée, Karen est, comme lui, une fille prisonnière d'un corps de garçon, rejetée de tous, qui survit en volant des mangues et des papayes. Immédiatement, les deux se reconnaissent. Karen met des mots sur ce que Luis ressent mais n'arrive pas à nommer. « Tu n'es pas malade, tu es différente c'est tout. Tu n'as pas à avoir honte. »

Quelques jours après cette rencontre, à quatorze ans, Luis se rebaptise Laura et, bientôt, les deux amies décident de ne jamais se séparer. À la vie à la mort.

Karen lui parle des oiseaux de la lagune qu'elle sait tous nommer, et, cachées dans les branchages, elles assistent en silence à la parade des flamants roses et à la méditation du héron majestueux, immobile, attendant sa proie. Parfois, le grand condor descend des montagnes.

D'après Karen, l'existence des oiseaux et le reflet du ciel dans la lagune sont les preuves de la beauté du monde. Peut-être que, par-delà les montagnes, la vie est différente. Elle parle de Lima, la capitale, où les gens comme eux sont plus nombreux et mieux acceptés. « Là-bas, nos vies compteront autant que celles des autres, là-bas on ne sera plus seules. » Rapidement, le rêve de Karen devient celui de Laura. Les deux amies économisent centime après centime en vue d'acheter les billets pour le paradis.

À seize ans, avec quelques soles en poche, Laura quitte pour la première fois ses parents et son village pour une ville effrayante et tentaculaire, peuplée de huit millions d'inconnus.

Le car les laisse sur la grande promenade de Miraflores, où elles découvrent émerveillées le murmure de l'océan, les cris des mouettes, le ciel tacheté de voiles de parapentes multicolores.

Enivrées de vent et de liberté, elles déambulent le long des cafés et des petites maisons aux façades colorées et jardins fleuris. Ici, une autre vie semble possible.

11.

À l'arrivée du serveur qui lui colle la carte des desserts sous le nez, Jeanne me laisse lui servir un verre de chablis et je la vois desserrer ses petits poings, redresser les épaules, s'ouvrir comme une tulipe au printemps. Et nous raconter qui elle est.

Elle arrive d'une petite ville de banlieue sud, près de Fontainebleau, avec ses friches abandonnées et ses poulaillers en plein centre-ville. Jeanne et son mari s'y étaient installés dix ans plus tôt, à la naissance de leur fille Chloé, dans une petite maison flanquée d'un jardin en pente atterrissant sur les bords de Seine. Elle dirigeait le foyer d'hébergement d'urgence de Fontainebleau, lui une école primaire de la ville. Ils songeaient à mettre en route un deuxième enfant quand, sous le soleil du mois d'août, le père de Chloé s'était écroulé, foudroyé par une crise cardiaque. Il avait trente-six ans. Quitter cet endroit où ils avaient été si heureux mais devenu un tombeau s'était rapidement imposé à Jeanne.

Sa lettre de nomination au poste de directrice d'une toute nouvelle structure d'accueil dans le XVIe arrondissement était arrivée par la poste à Noël. Un projet expérimental, casse-gueule, avec des opposants déterminés, avait précisé le président de l'association. Jeanne avait dirigé des maisons éducatives fermées pour adolescents délinquants, un abri pour femmes battues, un refuge pour autistes profonds. Alors, héberger des SDF dans le XVIe relevait de la colonie de vacances. Et savoir que l'endroit portait le même nom que le livre de Romain Gary qui avait illuminé sa vie d'adolescente renfrognée avait achevé de la convaincre qu'elle y serait à sa place.

Elle se tient le cou, comme si revenir sur son passé l'épuisait. Résistant à l'envie de lui masser les épaules, je la regarde en silence avec des questions au bord des lèvres, mais Sacha me devance et lui demande d'où vient sa vocation. Elle répond en haussant les épaules qu'elle ne s'est pas réveillée un jour avec l'envie d'aider son prochain, elle est née dedans, c'est tout. Ses parents, médecins humanitaires, se sont rencontrés lors d'une mission au Mali avant de se fixer à Bagneux à la naissance de leur fille. Leur cabinet installé au rez-de-chaussée du pavillon familial ne désemplissait jamais. À toute heure et tous les jours, quand quelqu'un sonnait, on l'accueillait. Souvent, elle devait partager ses jouets avec les enfants des patients. La maison, capharnaüm géant, bruyant mais joyeux, servait d'étape à tous les nécessiteux du coin.

Elle ne veut pas sauver l'humanité, se sentir utile, donner un sens à sa vie et toutes ces salades que débitent les candidats dans leurs lettres de motivation. Bonne élève, elle a fait une école de commerce sans trop se poser de question. Embauchée chez Lancôme comme chef de produit pour inventer la nouvelle génération de crèmes anti-âge, chargée non pas de dégommer la ride mais de la sublimer, elle a démissionné, pressée de retrouver le vacarme de son enfance, l'adrénaline de l'urgence, la surprise de chaque nouvelle rencontre.

Finalement, elle a atterri chez Emmaüs et découvert le monde des travailleurs sociaux pour ne plus en sortir. Elle aime ce métier qui chaque jour charrie son lot d'émotions brutes, de grandes souffrances et de petites victoires, emportant tout sur leur passage, comme des vagues, avant de se retirer le soir. Jusqu'au lendemain.

Après le déjeuner, je la raccompagne au centre social. La mairie a relogé les sans-abri dans un hôtel de la porte Dauphine, le temps de réparer les dégâts. Malgré le chaos des dernières heures, elle a maintenu ses rendez-vous avec ses pensionnaires. Quelques minutes plus tôt, l'adjoint au maire l'a appelée pour l'assurer de son soutien et de sa détermination. D'une voix légère, elle a répondu qu'elle en avait vu d'autres, qu'elle trouvait plutôt stimulant de commencer sa mission par un brasier géant.

Elle m'avoue qu'en vérité, elle n'a pas dormi, l'esprit envahi par les images du bâtiment en feu. L'inauguration avait pourtant bien commencé, la maire de Paris saluant chaque résidant d'un mot et d'un sourire, suivie par tous les importants de la ville, en extase devant la réussite de ce projet, modèle de « vivre-ensemble », d'hybridation sociale, de réconciliation urbaine. Habituée à la visite des édiles, députés et autres élus de la République venus démontrer à leurs électeurs leur profonde humanité, Jeanne, pas dupe, avait joué au guide de bonne grâce.

Vêtue d'un ensemble jean tee-shirt, elle se sentait néanmoins décalée au milieu de cet aréopage encostumé. À trente ans, elle acceptait d'incarner la jeune et pétillante illuminée de service, cheveu hirsute et tenue en vrac, qui se bat pour sauver des âmes perdues. Mais à presque quarante, elle veut qu'on la respecte, qu'on la considère comme une chef d'entreprise. Sont-ils si nombreux à pouvoir gérer un accueil pour deux cents personnes sortant de la rue, lestés de problèmes psychiatriques lourds et d'addictions diverses ?

C'est deux heures après le départ de la maire, dans un brouhaha de cris et d'invectives, que des flammes avaient surgi d'un des bâtiments.

Elle s'attendait aux insultes, pas au cocktail molotov. « On veut nous faire disparaître physiquement, moi et les barbares que je représente », me dit-elle en se frottant le cou comme si elle remontait derrière elle une petite clé invisible.

Je la trouve forte et fragile à la fois, émouvante, avec un je-ne-sais-quoi de terriblement féminin que je croyais avoir perdu de vue depuis longtemps.

Elle a rendez-vous avec Bushman, et aimerait que j'assiste à l'entretien puisqu'elle m'a lancé le défi de devenir son tuteur.

Dans son minuscule bureau au sol en lino imitation marbre, elle m'indique une chaise de jardin en face d'elle. L'endroit est sordide mais sa présence l'illumine.

Assis à côté de moi, le dénommé Bushman ne la quitte pas de ses yeux immobiles, sûrement envoûté lui aussi.

Elle lui tend un café brûlant dans un gobelet en plastique.

— Comment allez-vous, Bushman ?

— Ma foi. Moi la rue, j'm'étais fait une raison, mais c'est de pire en pire, le bois

— Et vous êtes bien installé ? Je veux dire, avant ce malheureux incendie ?

— Ma foi oui. Je vois le bois depuis ma fenêtre, ça me dépayse pas trop. Et j'suis au sec. Mais j'm'inquiète pour mes chats. Je sais que des bénévoles s'en occupent mais ils font juste que leur donner des croquettes. Moi je leur parle, je les caresse.

Je l'observe, voûté, rachitique, teint jaunâtre, sillons profonds sur le front et paupières tombantes, mais le regard intact, perçant. Pendant le déjeuner, Jeanne m'a expliqué que le Samu social n'oriente vers les centres que ceux qui sont prêts, ont décroché de l'alcool, de la drogue et expriment la volonté de quitter la rue. La crème de la crème du clochard, l'élite des pouilleux. Les cas désespérés n'arrivent jamais jusqu'à elle. Au début, cette sélection l'avait choquée : comment peut-on trier des humains ? Maintenant elle la comprend : on se concentre sur ceux qu'on peut aider.

Jeanne sourit à Bushman, lui dit qu'il va reprendre des forces et que bientôt il pourra travailler s'il le souhaite, « On a besoin de bras ici, et je vois que vous avez une formation de mécanicien. Et la bonne nouvelle, c'est qu'Alexandre, ici présent, a accepté d'être votre parrain, n'hésitez pas à le solliciter, il est là pour vous. »

Elle me regarde en souriant, je me contente de sourire aussi et de noter mon numéro de portable sur un papier que je lui tends.

A-t-il seulement un téléphone ? Comment vais-je bien pouvoir l'aider ?

Il le glisse dans une poche et reste assis, regardant Jeanne, nullement gêné par le silence qui circule entre eux. Il prend son temps, elle est sûrement la seule personne à laquelle il parlera aujourd'hui.

Au bout de quelques minutes, elle le raccompagne, après lui avoir demandé de signer des documents pour renouveler sa carte d'identité périmée depuis deux ans, puis lui donne la date de leur prochain rendez-vous qu'il note sur le dos de sa main.

Dans le hall patiente une jeune femme, un enfant sur les genoux, le regard sur ses chaussures. Jeanne me propose de rester pendant l'entretien, « on dira que vous êtes inspecteur ». Elle me tend son dossier : Karine, issue de l'Aide sociale à l'enfance – anciennement la DDASS –, logée dans le bâtiment des familles. Son parcours ressemble à un chemin de croix : enfance bringuebalée de foyers en familles d'accueil, mari violent, naissance de son fils Dylan, pluies de coups, fuite. Jeanne la fait entrer, lui offre un café et une sucette pour son fils.

— On va pas tous cramer ? dit la femme d'une voix rauque.

— Les locaux sont surveillés jour et nuit, vous ne craignez rien. Et on va encore renforcer la surveillance après l'incident d'hier soir. Ça n'arrivera plus.

Jeanne a prononcé ces mots d'une voix assurée, comme pour s'en convaincre. La jeune femme a le visage fermé, le regard vers le sol, muré de peine. Elle a dû en voir des tuteurs, éducateurs, médiateurs, assistantes sociales, psychologues, juges pour enfants, qui lui ont fait de belles promesses avant qu'elle ne retombe dans ce qu'elle a toujours connu : violence et misère. Ses bras sont tailladés de coupures roses, comme des brins de foin.

— Un pédiatre viendra ici chaque semaine ; si vous acceptez, je vais prendre rendez-vous pour

Dylan. On va vérifier ses vaccins. Il rejoindra l'école du quartier en janvier.

Jeanne la raccompagne puis me dit :

— Avec les sans-abri, il faut se montrer ferme sans les infantiliser, les aider sans les assister, ne pas tomber dans le pathos.

— Oui. Il faut leur donner des conseils, des clés pour s'en sortir…

— Des clés ? Vous pensez à ces trucs absurdes de « pouvoir de la volonté » et de « résilience » qu'on lit dans les livres ? Écoutez-moi, près de la moitié de ceux qui vivent dans la rue sont orphelins, abandonnés à la naissance, trimballés de foyers en familles d'accueil, livrés à eux-mêmes à la majorité. Et vous voudriez qu'ils aient cette petite flamme qui leur montre le chemin ? Et de la volonté tant qu'on y est ? La volonté, c'est pour les gagnants. Croyez-moi, dans ce job, les idéalistes ne tiennent pas une semaine.

Déjà dix-huit heures, je regarde par la fenêtre les gueules cassées alignées en file indienne devant le bénévole qui distribue les plateaux-repas. Je demande à Jeanne pourquoi ils restent silencieux. Elle hausse les épaules. Que voulez-vous qu'ils disent ?

Elle me plante là, pauvre abruti qui ne sait rien, ne comprend rien, ne voit rien. Dehors, j'aperçois, de l'autre côté de la grille, des messieurs-dames que je connais bien, qui brandissent leurs banderoles *Résistance*, *Non au dépotoir sous nos fenêtres*. Certains font coup double, promenant leur chien. Soudain, je vois Jeanne qui fend le groupe, le traverse, souveraine, sans un regard pour leurs visages haineux.

Je me précipite dehors pour la rattraper et lui propose de marcher, besoin de changer d'air. Je feins de ne pas entendre les voisins qui m'interpellent et me demandent où en sont les recours pour démolir cet endroit. Jeanne et moi, nous nous dirigeons vers le lac, teinté de reflets or par le soleil de fin de journée. Je voudrais qu'elle voie le bois avec mes yeux, un endroit où le regard ne s'ennuie jamais, bascule d'une clairière déserte à un jardin bondé d'enfants, emprunte un sentier sans histoire et débouche sur une cascade merveilleuse. Je voudrais qu'elle rentre ses griffes, qu'elle ne se vive plus en Antigone l'orgueilleuse, seule contre tous, dont le cadavre sans sépulture finira dévoré par les vautours. Je voudrais qu'elle aime ce quartier.

Je sens mon cœur battre trop vite et trop fort. En fait, je voudrais qu'elle m'aime, moi.

12.

Karen a griffonné dans sa poche le numéro d'un type prêt à les embaucher comme serveuses, le patron d'un petit bar de quartier à la terrasse très fréquentée dans le Bario Alto. Quand le chef s'aperçoit qu'elles ne sont pas des serveuses comme les autres, il les chasse de son établissement. Après deux nuits à dormir sur la plage glacée et à traquer en vain le moindre emploi, les deux amies échouent dans le centre historique de la ville, où, dans d'anciennes maisons closes, les trans n'ont d'autres perspectives que le travail du sexe. Les filles sonnent à la porte d'une vieille bâtisse coloniale à l'abandon, à quelques mètres de la Plaza Mayor. Karen a entendu parler de cette maison des trans, tenue par une ancienne, qui héberge les filles contre un loyer qui inclut repas, protection et droit au trottoir.

La tenancière que les filles appellent la Madre, bandeau sur l'œil et jambe raide, distribue les règles de vie à la pension, les lits dans les chambres, les corvées de course et de ménage. Appuyée sur sa canne, toujours au balcon à surveiller les allées et venues dans le quartier, c'est la seule à ne plus travailler dans la rue. Elle ne se confie jamais, mais la rumeur dit que des policiers se sont acharnés sur elle et l'ont laissée pour morte devant un tas d'ordures, avant qu'un éboueur ne la trouve au petit matin et la dépose à l'hôpital. Attribuant sa survie à un miracle, elle se donne pour mission d'aider les jeunes trans qui déferlent à Lima, attirés par la promesse de l'argent facile et se retrouvent à la merci de la violence.

Elle accueille les deux filles avec le discours qu'elle réserve aux nouvelles. Vous êtes nées avec un sort contraire, vous avez tiré le mauvais numéro à la loterie, c'est un sport national de tuer les trans ici, si vous voulez survivre, échapper au destin que Dieu a prévu pour vous, apprenez d'abord à vous battre, à rendre les coups. Sinon, c'est la mort.

Les deux amies commencent les leçons de boxe dans la petite cour derrière la pension, sous le regard des chiens boiteux, des chats pelés et d'une poule désorientée qui erre au milieu des détritus. Luisa, ancien champion de boxe, entraîne les filles tous les matins sans relâche. Elle leur apprend à répéter et répéter les enchaînements de directs, crochets, uppercuts, pour devenir des machines, sans état d'âme devant l'adversaire, comme une moto face à la route. Elle leur montre comment broyer un genou en brisant en deux une planche en bois, le geste est le même, et le bruit sec aussi, comme une noix qu'on casse.

— L'œil est lâche, leur répète Luisa. Il jauge un adversaire à sa taille, sa corpulence, son attitude et se laisse influencer. La règle est simple : soyez à la fois confiantes et vigilantes. Rien n'est acquis mais rien n'est insurmontable.

Laura adore ces séances, apprendre lui donne confiance. Après l'entraînement, quand Karen et elle flânent sur la promenade qui longe l'océan, elles ont moins peur, marchent tête haute et rendent aux passants les regards appuyés ou hostiles qu'ils lancent.

Face aux insultes, menaces et crachats quotidiens, elles savent dorénavant se défendre. Grâce aux enseignements de Luisa, Laura gagne facilement ses premiers combats. La rue exige de dominer des sensations inconnues à l'entraînement, quand personne ne veut vous fracasser pour de vrai : la sudation aussi soudaine qu'incontrôlable, l'accélération du rythme cardiaque, la gorge desséchée, le champ de vision qui se rétrécit. Laura sait reconnaître l'émotion de la violence, la maîtriser.

Trois mois passent et la Madre lui annonce qu'elle est prête à travailler, qu'elle peut accompagner les anciennes dans la rue. Laura apprend à se maquiller, à porter des perruques, des faux cils, à s'habiller comme une femme. La première fois qu'on lui lisse les cheveux et qu'elle voit une femme dans le miroir, un vertige la saisit. Elle a tant attendu ce moment.

Le premier soir de travail, elle imite les autres filles, lève le menton, redresse les épaules, ondule de ses hanches maigres, tend la pointe des pieds en dehors comme une danseuse. Ses collègues lui disent de ne pas détourner la tête, de sourire, de regarder les clients droit dans les yeux. Mais ses poings serrés trahissent la gêne, la peur, l'envie de fuir et de retrouver son village. À cet instant, elle n'est qu'une enfant, qui voudrait se blottir dans le cou de sa mère et respirer son odeur de jasmin et de transpiration mêlés, si rassurante. Pourquoi l'enfance se termine-t-elle un jour ? Son premier client, à peine plus âgé qu'elle, demande une fellation, mais doit percevoir sa gêne, son malaise, et ne s'attarde pas.

Très vite, les passes s'enchaînent ; huit heures par jour en moyenne, quinze clients, parfois plus.

Pendant le travail, elle pense d'abord aux billets gagnés. « Quand tu travailles, tu es une machine à calculer », lui a dit la Madre. Pas de sentiments. À la fin de la journée, son esprit quitte son corps, s'envole loin de la terre ferme. Parfois, elle revoit les flamboyants rouges de son enfance, les bougainvilliers, les papayers qui se dressent vers le ciel. La plupart du temps, avec les clients, il n'y a aucune tendresse, c'est rapide, brutal, transactionnel. Parfois, ils veulent de la douceur, l'appellent ma chérie, lui apportent des petits cadeaux, elle entre dans leur jeu, souvent ils payent plus cher. En quelques jours, elle gagne autant que ses parents au champ en un mois. Quand elle compte les billets, elle est saisie de vertiges.

Les violents, elle sait les affronter. Souvent des homosexuels refoulés qui n'assument pas, se sentent mal après et deviennent agressifs. Capable de frapper un foie, de saisir une gorge, de mordre une oreille voire de casser un genou, elle n'a plus peur de personne, ceux qui s'y frottent s'y piquent et détalent, perclus de douleur et de honte. Les coups ne sont plus qu'un déroulé mécanique, répété encore et encore, elle ne voit même plus l'autre, juste ses organes que visent ses poings. La rumeur se répand et rares sont ceux qui osent la défier.

Les filles passées par les cours de combat de Luisa montent un service d'ordre avec la bénédiction de la Madre. Dès qu'un trans est brutalisé quelque part, elles interviennent. La violence ne résout rien, elles le savent bien, mais dire aux agresseurs, on vous retrouvera, et on vous tabassera, c'est leur façon de rester dignes. De mériter leur passage sur terre. Après sa journée de travail, Laura enfile sa coque protectrice en carton bouilli, ses gants plombés, son blouson, et part en expédition. Après quelques années, elle en a tapé des dizaines, il y avait toujours une petite appréhension avant, mais ensuite elle déroulait, connaissait le programme par cœur. Elle n'a aucun goût pour la violence, sait s'arrêter avant la blessure qui paralyse à vie ou défigure, même si parfois la tentation est forte de défoncer le crâne des plus féroces.

Beaucoup de blessures, des doigts foulés, des coupures, mais depuis l'école et les pierres reçues au visage, elle sait se soigner toute seule. Beaucoup de séjours en prison aussi, où l'on parque les trannies ensemble dans une cellule, sans eau ni accès aux toilettes, comme du bétail. Puis on les relâche. Entre seize et trente ans, elle passe dix-huit mois derrière les barreaux.

Avec les flics, les *serenazgos*, qui les arrêtent pour un oui ou pour un non, elle ne résiste pas, ils sont nombreux et armés, elle ne fait pas le poids, se laisse frapper, insulter, parfois violer. Moins on résiste, plus ça passe vite, lui a appris la Madre.

Un matin, à l'heure du cours de boxe, dans la petite cour derrière la pension, Luisa annonce à Laura et Karen qu'elle est tombée malade mais ne veut pas en parler, et continue les entraînements comme si de rien n'était. Elle leur laisse croire qu'elle est indestructible, alors elles la croient. Un jour, elle disparaît. Partie à l'hôpital soigner une mauvaise grippe, les rassure la Madre. Elle ne prononce pas le mot sida, mais les filles comprennent immédiatement. Contre les clients tordus, elles savent rendre les coups, mais contre le VIH, elles ne peuvent rien. Quelques mois plus tard, Luisa rejoint, à trente ans, après tant d'autres de leur communauté, le petit cimetière de Baquijano y Carrillo. Les filles de la pension, venues avec des fleurs, des dessins et des médailles porte-bonheur, assistent à l'enterrement de celle qui les a formées et protégées. Toutes se demandent laquelle d'entre elles sera la prochaine victime.

Heureusement, chaque semaine, revient le dimanche, jour de repos à la pension, jour de fête. Les filles chantent, cuisinent des empanadas, petits chaussons de pâte feuilletée farcis de viande, poisson, pommes de terre, regardent des films romantiques ou jouent aux cartes ; elles ne parlent jamais boulot. En fin d'après-midi, sous un nuage d'encens, un padre vient leur donner la bénédiction. Friandes de chapelets en plastique phosphorescents, d'icônes et autres objets sacrés bon marché, les filles n'aiment rien tant que se taire pour partager un moment de prière devant une statue de la Vierge. Les *Je vous salue Marie* récités à la lueur des petites bougies les réconfortent pour la semaine. Elles aussi sont des enfants de Dieu, et plus que d'autres ont besoin de lui. Le padre leur dit que l'homme est sur terre pour éclairer le monde. Que chacun porte en soi sa petite flamme, et doit juste trouver sa façon de l'allumer puis de la faire grandir.

Après le départ du prêtre, à l'abri des regards et des jugements, elles échangent des astuces pour avoir moins de poils, plus de poitrine ou une bouche pulpeuse. Laura trouve beaucoup trop maigre son corps de grande liane musclée. Avec l'argent des passes, elle commence les injections de silicone, qui lui donnent des formes de femme, des seins, des fesses, une peau douce, des cheveux brillants. Elle ne peut plus s'en passer.

Certaines, par conviction, se font opérer ; pas elle, ses clients préfèrent les trans non opérées, ils recherchent de l'étrangeté, des centaures au sexe d'homme et au corps de top-modèle, si éblouissants dans les phares des voitures.

Le soir, seule dans son lit, elle pense à sa famille restée à Cayalti, compte les Noël, les anniversaires loin de sa mère et de ses sœurs. Un jour, elle rentrera. En attendant, nourrie, logée, joliment vêtue, elle s'habitue à cette vie qui lui permet d'être elle-même, de ne plus se cacher.

Dans les années 2000, Lima change, la capitale du Pérou se transforme en immense chantier, des millionnaires reviennent au pays, fortune faite aux États-Unis, et veulent conserver un confort yankee. Les concessions de voitures de luxe et les boutiques de vêtements chics essaiment sur Miraflores. Les pauvres sont repoussés de plus en plus loin dans les hauteurs de la ville.

Le maire ordonne la démolition de la vieille pension, comme de toutes les bicoques du quartier, remplacées par des immeubles luxueux, avec climatisation, terrasses et piscine sur le toit. Les nouveaux riches veulent du neuf, du moderne, du lisse. Personne ici ne comprend la notion européenne de charme de l'ancien. L'ancien rappelle la poussière, la saleté, la pauvreté dont ils se sont extraits. Les filles se dispersent, condamnées à une nouvelle errance. Aucun propriétaire ne loue à des trans.

Karen et Laura atterrissent dans une pension misérable, dont l'unique avantage est sa vue sur l'océan. En hiver, Lima est noyée dans la brume qui obscurcit l'horizon et cache les falaises.

Le dimanche, fini la fête, le padre, la prière. Malgré la pluie glacée, les deux filles descendent l'escalier qui mène à la plage de galets noirs et observent les quelques surfeurs qui s'aventurent dans la houle. La mer agitée soulève les coques des bateaux. Assises dans le sable, une couverture sur le dos, elles avalent un sandwich au porc garni de patates douces.

Un soir, après le boulot, Karen rentre le regard fiévreux et pose le journal sur la table. L'Argentine voisine vient d'adopter une loi permettant à chacune de choisir son état civil. Toute personne assignée homme à la naissance peut, sur simple présentation, devenir femme sur ses papiers. *Aujourd'hui est un jour de réparation. Pardon d'avoir tant attendu.* Karen lit à haute voix le discours de la présidente argentine Cristina Kirchner et les deux amies restent silencieuses, sonnées par ces paroles. Un État, tout proche, qui poursuivait les trans il y a quelques années, leur demande pardon. Laura arrache le journal des mains de Karen, elle sait à peine lire mais veut vérifier ce qui est écrit.

Il faut partir ! Là-bas, elles auront un statut, des papiers, elles pourront quitter la prostitution, mener une vie normale. « Nous sommes des oiseaux migrateurs, dit Karen. Sauf que pour notre espèce, il n'y a pas de retour possible. Nous sommes nées pour nous enfuir. » En quelques jours, elles rassemblent l'argent et quittent le pays pour un nouvel exil.

13.

Samedi matin, 2 juillet. Tout est calme, le quartier a migré vers Deauville ou la Sologne. Trop calme. Réveillé à l'aube par la certitude que Jeanne est en danger, je surveille les locaux de La Promesse de l'aube depuis ma terrasse et descends faire des rondes toutes les heures. L'incendie et ma rencontre avec Jeanne ont réveillé la part secrète que je cache à mes amis et à la plupart des membres de ma famille : je ne suis pas qu'un paisible bourgeois. Je suis un combattant.

L'apprentissage a commencé chez moi avec la prise de conscience brutale, à l'âge de six ans, que j'appartenais à une minorité en danger : les Juifs. Mes parents, qui pratiquaient un judaïsme libéral, fréquentaient la synagogue de la rue Copernic où ils s'étaient rencontrés adolescents, puis mariés cinq ans plus tard, pour ne plus se quitter. Ils se sentaient juifs par fidélité aux anciens et à ceux qui n'étaient pas revenus des camps, par souci de transmettre des valeurs et une histoire à leurs enfants, mais s'accommodaient très bien de la vie moderne. Ils fêtaient Roch Hachana, Kippour, Pessah, mais pas question de manger casher, de porter la kippa ou de se rendre à la synagogue en fonction des étoiles.

J'ai grandi dans le souvenir de l'attentat de la rue Copernic en 1980, avec ses quatre morts, ses quarante-six blessés qui auraient dû être bien plus nombreux si le rabbin Williams n'avait démarré la célébration du Shabbat avec quinze minutes de retard.

À dix ans, le lendemain de l'attentat, je marchais en tête du cortège silencieux, sur les Champs-Élysées, avec mes parents et ma grande sœur. À la télé, le Premier ministre Raymond Barre, avait déclaré : « Cet attentat odieux a voulu frapper les Israélites qui se rendaient à la synagogue, il a frappé des Français innocents qui traversaient la rue Copernic. » Les Juifs n'étaient donc pas des « Français innocents ». Mes parents avaient aussitôt éteint la télé. Après l'attentat, le rabbin Williams était venu vivre chez nous pendant plusieurs mois et trois gardes du corps veillaient en bas nuit et jour.

Petit à petit, je découvrais qu'être juif, c'était vivre avec une menace au-dessus de la tête. Bien sûr, mes parents m'avaient raconté la guerre, la fuite à l'étranger pour les plus chanceux, la déportation, pour les autres, mais c'était du passé de manuel d'histoire, et tout à coup, c'était là devant moi.

Quand j'ai eu douze ans, mon père décida d'emmener toute la famille à la découverte d'Israël pendant les vacances d'été. Ébloui, je découvris l'odeur des citronniers, des orangers, la lumière aveuglante du matin, la chaleur des habitants. Un jour, pendant notre séjour à l'hôtel King David de Jérusalem, mes parents, excédés par mon agitation, m'envoyèrent me calmer dans le grand hall. À la réception, un vieux monsieur au costume beige froissé m'aborda et me demanda comment je m'appelais. Je savais qu'on ne parle jamais aux inconnus, je m'éloignai vite et me réfugiai sur la rampe du grand escalier transformée en toboggan géant. Le monsieur tout plissé s'approcha de nouveau et me demanda si par hasard je n'étais pas un Vladi. J'aperçus mon père, blême, dévalant l'escalier pour arracher son fils des griffes d'un dangereux pervers. L'homme, calmement, répéta sa question, cette fois-ci devant mon père. « Ne serais-tu pas un Vladi ? » Interloqués, mon père et moi échangeâmes un regard avant de poser les yeux sur l'homme qui nous souriait. « Pardon pour ma question, mais j'ai passé la guerre à Monte-Carlo, caché avec un certain Isaac Vladi, qui ressemblait tant à votre fils. Isaac a changé de cachette à la fin de la guerre et je ne l'ai jamais revu. » À cet instant, je vis les lèvres de mon père se mettre à trembler. Suivit un long silence. « C'était mon grand frère », murmura mon père, puis d'une voix à peine plus forte, « c'était mon frère ». Les deux hommes tombèrent dans les bras l'un de l'autre et s'étreignirent un moment.

L'oncle Isaac, à l'époque, on n'en parlait pas, ou bien en chuchotant. Bien plus tard, j'appris qu'il avait fait partie d'un des derniers convois envoyés par la France à Auschwitz.

À la fin des vacances, mon père nous proposa de venir nous installer tous les quatre en Israël. Saisi par le souffle de l'esprit pionnier, il voulait participer à cette vie de bâtisseur, en hommage à son grand frère disparu. « Mais enfin on ne connaît personne ici, et on ne parle pas la langue », répondit ma mère en haussant les épaules, avant que la famille ne reprenne l'avion et oublie ses rêves de Terre promise.

À mon retour, je commençais le krav-maga et la boxe dans la cave de la maison France-Israël. À quinze ans, j'intégrais le service de protection de la communauté juive, créé après l'attentat de la rue Copernic. Je commençai tout en bas de l'échelle, par surveiller les accès secondaires à des conférences, ou fermer la marche des manifestations. Petit à petit, j'appris à me battre. Le service de protection était reconnu par les services de police, auxquels il venait prêter main-forte.

Lors d'une conférence du grand rabbin à la Sorbonne, un étudiant aux biceps proéminents m'aborda dans la rue. Selon lui, je n'avais rien à faire au service de protection, trop mou, et devais rejoindre le Betar, seul mouvement sérieux de défense d'Israël. C'est ainsi qu'a démarré ma carrière de combattant. Au Betar, les entraînements et les combats étaient quotidiens. Avec mes camarades betarim, je me rendais rue des Rosiers pour taper de l'Arabe, ou à Nanterre du propalestinien. Mes parents venaient régulièrement me chercher à l'hôpital ou en garde à vue, m'admonestaient pour la forme puis passaient l'éponge. Après trois ans de Betar, et une bagarre de trop, je compris que j'avais intégré un mouvement raciste, et frappé plus de cinquante types dans la rue juste parce qu'ils portaient un kéfié.

Occupé à ressasser mes souvenirs, je ne vois pas Jeanne sur le trottoir d'en face qui me fait signe de la main. Elle est flanquée d'une petite fille qui la tient par le bras, et me propose de venir boire un café dans son bureau. Chemin faisant, elle me raconte qu'avec sa fille Chloé, elles jouent tous les soirs à un jeu entre l'école et la maison, dresser la liste des endroits et métiers exotiques qu'elles découvrent ici et qui n'existaient pas dans leur vie d'avant.

— Quoi par exemple ?

— Le bar à caviar.

— L'école Montessori en anglais dès deux ans.

— Un spécialiste du lissage brésilien et du palper-rouler méthode japonaise.

— Une agence immobilière haut de gamme, leader des transactions à Paris, Genève, Monaco, sans les tarifs sur les annonces.

— Les promeneurs de chiens qu'ici on appelle dog-sitters.

Chloé explique à sa mère qu'elle a appris dans sa nouvelle école qu'il y avait deux types d'objets : les objets naturels, comme la lune, le ciel ou les roches, et les objets techniques créés par l'homme pour répondre à ses besoins, le vélo ou le train pour se déplacer, l'électricité pour s'éclairer ou se nourrir.

— À quels besoins répondent le lissage brésilien ou le bar à caviar ? me demande Jeanne. Elle poursuit : On paie des gens pour que les chiens prennent l'air, mais les SDF, eux, qui les promène au bois ?

Je proteste :

— Mais moi ! D'ailleurs, j'ai rendez-vous avec Bushman demain.

Elle me décoche un sourire malgré elle et je sais que je n'ai pas perdu ma journée.

14.

Air tendre et lumière crue de début d'été. Intimidé, je tourne plusieurs fois autour de La Promesse de l'aube sans oser m'arrêter. Mon rendez-vous du jour vit dans le bois depuis de longues années, cela nous fait déjà un point commun.

Malgré le conseil de Jeanne, « venez comme vous êtes », je n'ai pas pu m'empêcher de me camoufler dans un vieux survêtement, une casquette de baseball vissée au ras des yeux. Quelle mascarade ; mon teint hâlé et mes dents blanches me trahissent, rien chez moi ne ressemble à la population d'ici. Je me répète les paroles de Jeanne : « Ne lui infligez pas votre aide, ne lui demandez pas de but en blanc comment il en est arrivé là, vous n'êtes pas le bien-portant et lui le malheureux, mais deux êtres humains qui se rencontrent pour la première fois. Aujourd'hui, il est à l'intérieur du grillage et vous à l'extérieur, demain, ce sera peut-être l'inverse. »

Les mains moites cachées dans les larges poches de mon jogging, je me dirige vers le vieil homme, qui semble absorbé par la contemplation de l'horizon ou peut-être dort-il, je ne sais pas très bien.

Je le salue, lui rappelle mon prénom et qu'on s'est déjà croisés dans le bureau de la directrice. L'homme lève le menton, soulève le sac-poubelle près de lui et le pose à ses pieds, signe que je peux m'asseoir. Il ne bouge pas, ne me regarde pas, mais je crois distinguer un sourire à la commissure de ses lèvres.

Nous restons côte à côte, muets, regardant dans la même direction.

J'ai répété et répété encore cette rencontre lors de mes footings matinaux, alors je me lance :

— La directrice m'a dit que vous aimiez les arbres. Moi, je leur rends visite tous les jours, quelle que soit la saison, je ne peux pas m'en passer. Vous voulez que je vous montre mes préférés ?

Il me dévisage, étonné, comme si je n'avais pas l'allure de quelqu'un qui s'intéresse à la nature et connaît les secrets du bois.

— Eh bien, c'est que je cherche l'homme qui peint les arbres, dit Bushman. Suis tombé par hasard sur lui et ses élèves, j'ai bien essayé de le retrouver, mais me suis perdu ma foi, et une bande qui cherchait de la drogue m'a dépouillé.

Je connais bien ce peintre argentin qui vient tous les jours au bois, avec ses carrés de toile et ses pinceaux, et se poste des journées entières devant un séquoia au tronc noueux, un hêtre pleureur, un cèdre du Liban, toujours rejoint par une vingtaine de disciples, parfois plus. Un artiste qui fait partie du paysage comme la Grande Cascade, ou la buvette de la mare Saint-James.

Je dis à Bushman qu'en ce moment, l'artiste peint mon arbre préféré, le magnolia grandiflora, aux feuilles roses ou bleues selon la lumière, et que je serais ravi de l'y emmener. Bushman se lève lentement, impression qu'il tient à peine sur ses jambes, à son teint cireux, je jurerais qu'il est malade, mais à bien regarder autour de nous, tous les résidents affichent ces visages de parchemin qui disent l'immense fatigue. Il me sourit et j'ai un mouvement de recul à la vision de sa dentition noire et clairsemée.

— C'est curieux dit Bushman, je connais le bois par cœur, c'est chez moi, et pourtant, maintenant, je m'y perds.

Le vieil homme trimballe avec lui ses affaires roulées en boule dans un sac-poubelle. Je songe qu'il pourrait les laisser dans sa chambre puis me reviennent les paroles de Jeanne, « abstenez-vous de tout jugement et gardez vos conseils pour vous ».

Notre improbable duo contourne le lac par la route de la Muette et progresse au ralenti. D'habitude, je foule cette allée à grandes enjambées, Eminem dans les oreilles, concentré sur la destination à atteindre, mais aujourd'hui, le pas calé sur celui de mon acolyte, j'ai l'impression qu'entrer au bois, c'est comme entrer dans une grotte. Parfois, je baisse la tête à l'approche d'un promeneur, comptant sur la visière de ma casquette et les Ray-Ban pour ne pas être reconnu. Un peu honte de cette parade mais pas envie d'animer les conversations du quartier.

Quelques minutes plus tard, toujours en silence, nous rejoignons le petit groupe qui s'est formé autour du peintre argentin : des jeunes, probablement étudiants, appliqués, carnet de notes et crayons à la main, des retraités, des femmes sans âge, il y en a même une qui tient un balai. Le peintre distille ses conseils :

— La lumière vient du tronc, de l'écorce. Je peins l'arbre comme je peindrais un corps, avec ses blessures, ses brisures, ses défauts qui racontent qui il est.

Bushman se tient un peu en retrait, mais ne perd pas un mot des paroles de l'artiste.

Me revient ma première rencontre avec ce peintre, sur un banc, après un jogging. Il m'avait raconté ses années de jeune homme passées à peindre les toits de Paris, depuis le lanterneau d'une chambre de bonne de Neuilly, prêtée par une généreuse et riche comtesse Amie des Artistes. Sa bienfaitrice avait demandé à récupérer la chambre pour son fils étudiant, ce qui avait décidé l'artiste, soudain privé d'atelier, à se frotter aux éléments, au vent, au soleil, à la pluie. Désormais, il ne créerait plus que dehors et le ciel immense serait son atelier. Nous avions partagé mon sandwich. C'est un illuminé, une sorte de Christ de la peinture, cherchant la mise à l'épreuve, la difficulté, avais-je raconté le soir à Bénédicte. À présent, je le vois plutôt comme un homme libre et j'aimerais parfois être cet homme.

Déjà une heure qu'il fait naître d'un chaos de couleurs la force de l'arbre. Bushman, absorbé par la toile qui surgit, n'a pas bougé. Dans ma poche, je sens la vibration du téléphone, mais je ne bronche pas.

Quand enfin Bushman me fait signe que c'est l'heure de rentrer – pas question de rater la soupe –, je découvre enfin les trois appels manqués et le texto de Sacha qui s'affiche sur l'écran : « *Opération Paix au bois de Boulogne à la maison. Invité Jeanne et les bénévoles à dîner. Rien à préparer. Présence souhaitée.* »

À ces quelques mots, mon cœur bat la chamade.

Arrivé devant la maison, aux tintements de voix qui viennent mourir sur le trottoir, je sais que la fête a commencé là-haut. J'ai beau savoir que je suis chez moi, sur mon territoire, je me sens comme un ado avant son premier flirt.

Sur la terrasse, les jeunes volontaires ont disposé paquets de chips, bouteilles de mauvais vin et gobelets en plastique sur la grande table en épicéa. L'un d'eux a sorti sa guitare. La soirée est douce, le soleil semble décidé à jouer les prolongations. J'aperçois Sacha entouré d'un groupe de bénévoles. Puis elle apparaît. Elle est de dos, mais je la reconnais à sa nuque longue et fragile. Ce dos me sourit. Elle flotte dans une salopette en jean noir sur un chemisier blanc. Sur n'importe qui d'autre, la salopette, c'est grossier, sur elle, c'est merveilleux. Elle boit du vin, fume, rigole, n'est plus cette disciple de mère Teresa un peu perchée et sentencieuse, juste une jeune femme gaie, dont le rire rebondit comme une balle dans le ciel. Tellement heureux qu'elle soit chez moi, comme si elle était à moi, je déambule de groupe en groupe, remplis les verres, distribue les compliments à cette jeunesse engagée et concernée. Mais je n'entends pas leurs réponses, je suis déjà ailleurs, loin du sol, dans les branches, dans les nuages, dans les bras de Jeanne.

— Alors, cette balade avec Bushman ? dit-elle en s'approchant.

Je sursaute :

— Très bien, on s'est trouvé un point commun, on parle tous les deux aux arbres. Je crois qu'on va prendre des cours de peinture dans le bois.

Elle écarquille les yeux, incrédule. Je sens qu'elle me fixe mais n'ose lui rendre son regard, trop peur de prendre feu.

Arrive Bénédicte dans une combinaison de soie au motif floral. Je sursaute comme un gamin pris sur le vif. Perchée sur douze centimètres de talons, spectaculaire, elle fonce sur moi avec sa moue agacée. Me demande discrètement si je connais ces individus qui squattent notre terrasse. Des amis de Sacha je réponds mais elle ne semble guère convaincue. L'un d'entre eux s'approche et lui tend un bol de chips qu'elle refuse poliment. Je lui présente Jeanne à qui elle lance, avec un enthousiasme surjoué, « travailleuse sociale, c'est formidable, quelle générosité, moi je ne pourrais pas mais je veux bien aider quelques heures. Vous ne recherchez pas un prof d'anglais, de yoga, de déco ? »

Jeanne recule, me regarde, perplexe, semble hésiter à répondre. Heureusement, ma femme aperçoit Sacha dans la foule et s'éclipse sans attendre la réponse. Je souris à Jeanne, elle paraît soulagée comme moi, je l'entraîne vers le buffet improvisé.

Un peu plus tard, je la trouve réfugiée dans le petit bureau qui donne sur la terrasse. Immobile, elle contemple *Jardin d'été*, une immense toile d'un artiste italien accrochée au-dessus d'une cheminée.

— C'est un original ? demande-t-elle, intimidée.

— Oui, mon grand-père était collectionneur. Il aimait les femmes, l'art, la chasse. Dans cet ordre-là, je crois.

— C'est très beau ici, dit-elle. Je n'oserai jamais vous inviter dans mon appartement de fonction entièrement meublé Ikea. Je n'ai jamais vu de tableau ailleurs qu'au musée. J'imagine que c'est merveilleux de vivre au milieu d'œuvres d'art.

— Je ne sais pas. J'ai grandi dans tout ça. Ces tableaux font partie des meubles, je n'y fais même plus attention. Et une part importante de mon temps consiste à essayer de récupérer des œuvres volées à la famille pendant la guerre. Ces peintures pour moi, c'est avant tout une bataille juridique épuisante et coûteuse, des avocats, des experts et faussaires en tout genre, des montagnes de documents à produire, bref des soucis.

Je ne sais pas pourquoi je choisis ce moment pour lui révéler un secret que même Bénédicte et Sacha ignorent. J'ai décidé de ne jamais mentir à cette femme que je connais à peine et je lui avoue que certains membres de la famille Vladi résidant aux États-Unis me rémunèrent pour la gestion du trust familial, non pas en honoraires, mais en achetant à une galerie new-yorkaise des œuvres que je rapatrie ensuite. Ça m'évite de payer des impôts, j'espère que tu n'es pas choquée, dis-je. Maintenant qu'elle connaît mes secrets, le tutoiement entre nous me semble aller de soi. Elle sourit, je sens qu'elle m'écoute à peine, absorbée tout entière par la contemplation de tableaux que moi je ne vois plus.

Elle me demande où est la bibliothèque, je lui indique l'étagère où s'alignent des quintaux de beaux livres sur la peinture, la sculpture, la photo. Je lui montre celui consacré à ce peintre new-yorkais que j'adore, qui peint des séries de chiffres, George Widener. Atteint d'un syndrome d'Asperger, il peut, à partir de n'importe quelle date, citer les événements majeurs survenus ce jour-là. Il peint des calendriers, diagrammes, inventaires, graphiques et tables de calcul au contenu mystérieux, souvent reliés à des catastrophes de l'histoire comme le naufrage du *Titanic*, mais aussi à des numéros de téléphone ou à des plaques d'immatriculation. Je lui dis que j'aime sa folie, son activité cérébrale intense qui a un effet apaisant sur moi ; elle sourit, répond que la folie, elle l'a toute la journée au bureau, et qu'elle comprend qu'on puisse la préférer en tableau.

La nuit venue, je me rapproche de Bénédicte, depuis combien de temps n'avons-nous pas fait l'amour ? J'ai eu une dure journée, me dit-elle en retirant ma main de son sein. Avec le temps, je tente de moins en moins car je connais la réponse. Parfois, elle me laisse quand même me blottir contre elle, et nous dormons ainsi pelotonnés comme deux petits chats. Je ne suis même pas blessé par ce refus, presque soulagé ; notre couple a dépassé le cap de la passion et du désir, reste le confort d'une vie parfaitement organisée, le doux ronronnement de la routine, et cette idée totem, que, bon an mal an, nous sommes une FAMILLE.

Quand sa respiration devient régulière, je sors du lit, ouvre une fenêtre, jette un dernier coup d'œil vers le centre d'hébergement, puis m'endors en pensant à Jeanne, à la pâleur de sa peau, à la délicatesse de ses seins qu'on devine à travers l'étoffe du chemisier. Demain, je lui ferai livrer un bouquet d'hortensias vert-bleu, la couleur du tableau *Jardin d'été*, la couleur de ses yeux. Tant pis pour les convenances, tant pis pour la FAMILLE.

Bien sûr, j'ai eu des aventures en vingt ans de mariage, des étreintes brèves, dénuées de sentiments, avec des filles que je m'interdis de revoir ensuite, coiffeuses, hôtesses d'accueil ou de l'air, serveuses, stagiaires, aussi vite consommées qu'oubliées. Elles ont certainement contribué à maintenir mon mariage à flot.

Ce que je ressens pour Jeanne n'a rien à voir.

Elle est un territoire attirant et terrifiant à la fois, une créature réservée et sans tabou, joyeuse et mélancolique, animale et cérébrale. Je suis fait comme un rat et c'est délicieux.

15.

La vie en Argentine n'est pas différente de celle de Lima. Certes, on peut y choisir son état civil, mais la police se montre tout aussi brutale qu'au Pérou. Les viols et assassinats commis sur les bords des routes par des hommes en uniforme sont fréquents. Laura et Karen sont devenues des rocs, des soldats de la rue, rien ne peut les faire vaciller. Elles savent échapper à la police, aux clients énervés, et, malgré la fureur de la rue, se sentent invincibles. À trente et trente-cinq ans, elles font partie des plus vieilles, et voient déferler des adolescentes qu'elles essaient de mettre en garde contre les pièges du métier : la violence, la drogue, le VIH. Laura n'a jamais touché le moindre stupéfiant, elle sent au-dessus de son épaule la présence désapprobatrice de sa mère même à distance, même après des années de séparation.

Elles ont économisé assez d'argent pour acheter un petit appartement et échapper à la pension où les filles s'entassent à dix dans des chambres prévues pour quatre.

Depuis le vote de la loi, les trans de tous les pays voisins déferlent en Argentine avec l'espoir d'obtenir des papiers et une vie meilleure. Trop de filles, pas assez de clients, l'argent rentre difficilement. Les deux amies aimeraient sortir de la prostitution et commencer une autre vie, mais laquelle ?

Un soir, une fille revenue de Paris décrit le bois de Boulogne comme un paradis, où en un an, elle a gagné plus d'argent qu'en dix à Buenos Aires. Elle arbore fièrement son sac Vuitton et une ceinture Gucci, offre des parfums aux copines, des foulards en soie, des cartes postales de la tour Eiffel. Le bois est une fête, les clients sont nombreux, l'argent pleut sur nous, et la police nous laisse tranquilles, le rêve pour travailler, explique-t-elle aux collègues fascinées. Demain, elle rentre au village superviser la construction de sa villa de deux étages et retrouver ses neveux dont elle finance les études.

Karen part la première pour Paris. Je me fais une place et tu me rejoins, dit-elle à son amie.

Elles n'ont pas été séparées depuis l'adolescence. Dès que la silhouette de la jeune femme s'éloigne vers la porte d'embarquement, Laura s'écroule en larmes sur une chaise du terminal 2.

Incapable de sortir travailler sans sa sœur d'armes, la jeune femme décide de rentrer dans son village. Elle n'a pas revu sa famille depuis son départ, il y a vingt ans. Pendant toutes ces années, elle a téléphoné régulièrement à sa mère, envoyé de l'argent chaque semaine, suivi à distance les étapes de la vie familiale, le mariage de ses sœurs aînées, l'arrivée des petits-enfants, les baptêmes et communions, mais pour la première fois, sa famille la découvrira avec sa nouvelle apparence physique. Elle appréhende, vont-ils se moquer d'elle ? La chasser ?

Dans le regard de sa mère quand elle franchit le seuil de la petite maison en bois, elle sait qu'elle est la bienvenue. Aux yeux du monde, elle est un objet dont on détourne le regard, une incongruité dont on se moque. Aux yeux de sa mère, elle sera toujours le petit Luis Elias, qui venait se réfugier sur ses genoux après les terrifiants entraînements de foot.

La vieille femme la prend dans ses bras et elles restent ainsi un long moment, joue contre joue, peau contre peau, à se respirer. La mère pose peu de questions sur la nouvelle vie de sa fille, se contentant d'accepter les cadeaux qu'elle apporte.

La pauvreté de la famille saute à la figure de la jeune femme. La grande maison de son enfance n'est qu'un minuscule carré de deux pièces rectangulaires sur un sol en terre battue. Pour aller aux toilettes, il faut traverser le poulailler en slalomant entre les fientes. Laura change les fenêtres, achète un radiateur à pétrole, règle les dettes de la famille, fait venir un médecin de la ville pour soigner son père affaibli depuis des mois par la maladie, malgré prières et cataplasmes. Pendant plusieurs semaines, elle loue une maison et s'installe au village, veille son père dont les forces s'amenuisent, cuisine pour la famille, joue avec ses neveux trop heureux de découvrir cette riche tante venue de la ville.

Un jour, son père meurt. L'argent commence à manquer, et Laura songe à rejoindre Karen à Paris. Elle n'aura pas d'enfants, sa mère, ses sœurs et ses neveux sont tout pour elle, qui sera à jamais la tata un peu excentrique revenue au village les bras chargés de paquets, et à qui on ne pose pas trop de questions.

Il lui faut revenir au trottoir, pas le choix, avec l'argent elle achètera à sa mère une maison moderne avec climatisation et chauffage comme celles qui se construisent partout à Lima ou à

Buenos Aires, elle paiera les études de ses neveux qui auront ainsi une vie meilleure que la sienne.

Elle annonce à sa famille qu'elle part en Europe, à Paris. Ses sœurs la regardent avec envie, lui disent qu'elle peut être fière, que l'Europe, c'est la grande vie. Personne à Cayalti n'a jamais traversé l'Atlantique ni même la frontière. Et elles commencent à décrire ce qu'elles imaginent de Paris, les belles voitures, les vêtements chics, les bijoux. Laura comprend que la France n'est plus son projet, mais celui d'une famille entière, qui enfin a une raison d'être fière et va répandre la nouvelle dans tout le village. Dorénavant, sa famille sera regardée avec respect et envie car le petit dernier est parti à Paris.

À l'automne 2017, munie d'un visa de touriste, elle arrive en France, pays dont elle ignore tout mais forcément un pays de cocagne où l'argent coule plus vite. Karen l'attend à l'aéroport et l'héberge dans sa petite chambre de la porte Saint-Ouen qu'elle partage avec son compagnon. Sa meilleure amie semble enfin heureuse ici, avec un appartement à elle, un travail, un amoureux, une vie en somme. Elle ne parle plus de rentrer au pays.

Quelques jours plus tard, Laura se rend pour la première fois au bois avec Karen, les deux escortées en voiture par l'ami de celle-ci. Par la fenêtre, elle observe cet océan de verdure qui s'étend à l'infini. Karen lui présente ses collègues, péruviennes, mais aussi colombiennes et équatoriennes. Très vite, elle se lie avec ses voisines de bosquet, Maria, Jocelyne, Krystel. L'idée de travailler à côté d'elles la rassure. Ici, c'est un peu comme à la maison lui dit Jocelyne, la doyenne, on travaille dur, mais on s'entraide, chacune est toujours là pour les autres. Les filles échangent un café, une cigarette, puis rejoignent leur radeau de nuit.

La première sensation de Laura, c'est le froid, qui s'engouffre jusqu'à l'os et les vêtements glacés de pluie. La nuit au bois ressemble à celle de Lima ou de Buenos Aires, incertaine et dangereuse, mais en plus froid. Elle découvre des températures inconnues qui bientôt descendront en dessous de zéro. Dans ce lieu humide, elle ne parvient jamais à se réchauffer, doit porter des gants, des collants, comment font ces filles qui se présentent à moitié nues en culotte et soutien-gorge de dentelle ? Tu t'habitueras, lui dit Karen. Elle ne s'habitue pas, et entre deux clients, enfile sa longue doudoune.

Deuxième déconvenue, le bois n'est pas la fête qu'on lui a promise. Les clients sont rares, nerveux, négocient les prix. Considérés comme délinquants depuis la nouvelle réglementation sur la prostitution, ils ont déserté le coin pour des réseaux plus discrets. Ceux qui transgressent la loi sont pressés, agressifs, gênés, le premier mot français qu'elle apprend est *combien*, avant que les rapports ne s'enchaînent, très vite, sans un mot, pas même un au revoir. Elle commence en bas de l'échelle, la nuit, et bricole son espace de travail avec un drap accroché aux arbustes dans un chemin creux, invisible de la route. Ses arbres, elle les reconnaît vite aux dizaines de chewing-gums collés dessus, mâchés inlassablement pour tromper la faim et l'ennui, et abandonnés à la hâte dès qu'un client rapplique. Les bancs sont réservés aux filles plus anciennes, Laura passe six heures debout ou adossée à un arbre, à attendre des clients qui ne viennent pas ou peu. Tu te souviens du héron majestueux de Cayalti, capable de rester immobile des heures avant de capturer sa proie ? lui répond Karen quand elle se plaint des heures sans client. Eh bien voilà, nous sommes des hérons majestueux.

Physiquement, elle a changé, le collagène qui bombait ses fesses est descendu dans les genoux et chevilles désormais enflés comme des poteaux. Jocelyne lui dit que, comme beaucoup de filles, elle s'est fait avoir par un charlatan, le produit qu'elle s'est fait injecter à haute dose dans le corps n'est pas du collagène mais de l'huile de turbine d'avion, un ersatz. Certaines collègues ont un œuf de pigeon au-dessus du nez, conséquence d'une opération ratée qui devait leur lisser le front. Dernière arrivée ici, elle se sent déjà vieille, elle voit bien que les clients préfèrent les plus jeunes, dont le corps n'est pas encore marqué par cette vie d'errance.

Il y a si longtemps qu'elle vit sur l'envers du monde. La plupart des gens regardent la télé, font l'amour puis s'endorment dans des draps chauds sans se douter qu'au même moment, sous leurs fenêtres, d'autres s'apprêtent à entrer presque nus dans la nuit froide. Laura voudrait sortir de cette vie souterraine, connaître celle des gens du jour qui se disputent au bureau, avant de se rabibocher au restaurant. Avec son visa périmé, elle ne peut prétendre à un logement social et se contente de partager un souplex avec une collègue colombienne dans l'immeuble où vit Karen. Pour gagner ses papiers, il faudrait qu'elle fasse le ménage la journée, ou des gardes d'enfants. Krystel, sa voisine de trottoir, lui a promis de lui présenter sa patronne du jour. Elle pourrait aussi se « pacser », elle a vite appris ce mot que les filles présentent comme le talisman pour les papiers, mais avec qui ? L'amour, elle le voit dans les films mais il n'a jamais frappé à sa porte. Elle n'y a pas accès. L'amour est pour les riches.

Peu à peu, elle apprivoise le bois, ses codes, sa routine, ses visages devenus familiers. Reconnaît les voitures de flics et détale dans les chemins de terre et les sentiers perdus quand ils rappliquent. Sait d'instinct les clients qu'il faut refuser, ceux qu'il faut amadouer car ils craignent la police qui rôde, les timides. Ses talents de boxeuse lui permettent de se tirer des situations dangereuses et de venir au secours des copines. Au bout de quelques mois, elle devient une figure de l'allée du Pré Catelan, à la fois chaleureuse et protectrice des collègues, intraitable avec les voyeurs et les mauvais payeurs.

Si on travaille dur, l'argent rentre et les nuits sont calmes. Parfois, même, il y a des fous rires, comme le jour où Jocelyne chasse un client qui a laissé son bébé hurlant dans la voiture le temps d'une passe, ou un autre qui lui propose de faire le boulot à sa place et de lui laisser l'argent parce que son rêve, c'est faire la pute.

Les filles se soutiennent et s'entraident. Quand Krystel, depuis dix ans au bois, est visitée par des fantômes d'ancêtres qui lui reprochent ce qu'elle fait, Laura lui répète les paroles du padre de Lima qui la réconfortent : Dieu aime tous ses enfants sans faire de différence, sans conditions, sans jugement. Prostituée, c'est un métier, vous exercez le métier de travailleuses du sexe, mais ce métier ne vous définit pas, il ne vous résume pas, vous êtes avant tout des êtres humains et tous les êtres humains se valent.

Dans la nuit, quelques anges veillent sur elles. Il y a d'abord un prêtre, père Jean-Philippe, qui tous les soirs fait la tournée avec son camping-car. Toujours en soutane, aidé de quelques bénévoles de la paroisse de Boulogne-Billancourt, il accueille les filles qui se réchauffent quelques minutes. Elles entrent sans frapper et se plaignent les rares jours où le petit équipage ne passe pas. Le prêtre prie avec elles, signe leur front figé sous les couches de fond de teint, leur offre une soupe, un café. Sur son van, il a inscrit cette phrase de Bernadette Soubirous à propos de sa rencontre avec la Vierge : « Elle m'a regardée comme une personne. »

Il y a aussi un dénommé Bushman qui vient les saluer tous les soirs. Il vit un peu plus loin dans une cabane, n'arrive jamais les mains vides, toujours avec un petit cadeau, une cigarette, un carré de chocolat, une fleur. Et il y a le peintre argentin qui prend toujours le temps de leur dire quelques mots en espagnol sur la vie du végétal et la couleur du ciel.

En été, quand elles arrivent, elles le croisent parfois qui remballe ses pinceaux au crépuscule, après avoir capturé dans sa toile la fureur du bois.

Lui n'est pas un voyeur, c'est un voyant. Il voit dans ce lieu une magie que les filles ignorent, c'est un rêveur disent-elles, mais elles l'apprécient avec son dos voûté, sa blouse, ses pantalons larges couverts de peinture, sa touffe de cheveux hirsute. Lui aussi est une créature de l'envers, qui, de l'obscurité, fait jaillir la beauté des tordus, des hérétiques, des invisibles.

Puis un jour, arrivent les Égyptiens, une petite bande bien décidée à faire de l'allée du Pré Catelan son territoire, sa colonie, son poulailler aux œufs d'or. Beaucoup plus rentable que les petits boulots sur les chantiers de la Défense. Au début, ils traînent, viennent insulter les filles, les traiter de sales pédales, leur balancer des œufs, des tomates ou de l'urine par la vitre de leur voiture. On n'est pas des pédés, répètent-ils sans cesse, comme pour s'en convaincre.

Commence une guerre pour le contrôle de la zone.

La violence monte d'un cran quand ils s'en prennent aux filles directement. Laura parle tous les jours à sa mère, vers midi, et elles récitent ensemble un *Je vous salue Marie.* Comme toutes les mères du monde, celle-ci se soucie de savoir si son enfant est bien couvert, a mangé correctement et parvient à gagner sa vie. Oui, oui et oui, répond sa fille, mais en réalité elle a peur. Elle continue à sourire, parce que, dans ce métier, si on fait la gueule, pas de clients. Mais l'angoisse lui serre la gorge et ne lâche plus son étreinte.

16.

Quand je propose à Jeanne d'organiser un gala de charité en faveur de La Promesse de l'aube, elle refuse. Pas question de demander l'aumône, d'offrir à ceux qui lui ont craché dessus et l'ont traitée comme un animal nuisible l'occasion de se racheter une conscience et de l'exhiber en smoking ou robe de soirée. S'ils veulent nous aider, pas besoin de gala, qu'ils envoient des chèques, ils connaissent l'adresse, conclut-elle avec sa moue butée et ses yeux plissés de myope.

Brûlant de passer une nouvelle soirée avec elle, j'avais trouvé l'habile paravent du raout caritatif, encore fallait-il la convaincre car, à son regard amusé, je savais qu'elle n'était pas dupe de mon petit manège et qu'elle lisait en moi comme dans un livre d'images.

J'avais insisté, ça se faisait beaucoup ici, une tradition de début d'été, l'occasion, avant la transhumance estivale, de sortir une dernière fois du placard robes légères et costumes en lin, et de donner aux orphelins de la police, à la SPA, aux chrétiens d'Orient. Alors, pourquoi pas aux sans-abri ?

— Je m'occupe de tout, tu te contenteras de prononcer un discours et de porter une jolie robe, lui avais-je dit, regrettant immédiatement la dernière partie de ma phrase. Nous allons changer leur regard sur ton action, avais-je continué, espérant me rattraper aux branches.

Je ne sais par quel miracle elle avait fini par accepter. Le sens du devoir ? Comment refuser tant d'argent quand la trésorerie de l'association tangente le zéro et que la mairie de Paris préfère financer des bancs anticlochards que leur hébergement ? La curiosité ? À quoi ressemblent les soirées des riches ? La vanité, l'occasion de vivre enfin son quart d'heure de festival de Cannes, sa soirée Cendrillon ?

Non, non, elle appartenait au camp des orgueilleux, pas à celui des vaniteux comme moi. Et si, de cette soirée, avec nos deux noms sur le bristol, posés l'un à côté de l'autre, à bonne distance mais reliés par un fil invisible, elle avait envie tout autant que moi ? Cette hasardeuse hypothèse me donnait des ailes de libellule.

Elle se mit à préparer ce gala comme un combat, sans rien laisser au hasard, me posant d'infinies questions sur le prix des tables, le placement des invités corrélé à l'importance de leur don, le menu, la longueur des robes et des talons, le type de coiffure.

Je n'avais jamais songé à l'importance que revêtaient ces événements mondains dans la vie d'une femme. Son choix s'était porté sur une robe en mousseline de soie gris perle prêtée par une bénévole et qu'elle m'avait montrée en photo, geste que j'avais interprété comme une marque ultime de confiance et d'intimité tout en regrettant l'occasion manquée d'une séance d'essayage avec elle dans une boutique de l'avenue Montaigne. La préparation du discours fut plus laborieuse. Je lui avais demandé un texte qui fasse rire et pleurer, dessille les yeux sans culpabiliser, réconcilie cœur et portefeuille. Elle m'avait montré plusieurs essais. Le premier commençait par :

« *La rue n'est pas un domicile. Et celui qui y vit, pas un ennemi. Ni un vulgaire sac-poubelle laissé sur le trottoir. Savez-vous que derrière chaque âme cabossée, fracassée par la vie, se cache une histoire singulière, et qu'avant l'errance, il y a eu une enfance ? Il en faut du courage pour mendier, se heurter au silence, aux têtes baissées, aux sourires gênés une fois, dix fois, cent fois, et recommencer. Nous sommes tous frères en humanité. Approchez-vous de lui, tendez la main. On ne peut pas sauver le monde mais chacun d'entre nous peut faire un geste.* »

Radotage moralisateur. À jeter, m'avait-elle dit sans attendre mon avis.

Ouf…

Elle avait aussi tenté l'ironie :

« *Il est temps pour moi de vous remercier de votre chaleureux accueil. Ces bouquets de roses, ces sourires bienveillants, cette haie d'honneur le jour de l'inauguration, tout cet amour, je n'y étais pas habituée et ça me touche.* »

J'avais froncé les sourcils et lui avais demandé d'éviter le second degré agressif. Ce gala était l'occasion de solder le passé, d'aller de l'avant, pas de touiller de vieilles rancœurs.

Un jour, radieuse, elle m'avait annoncé qu'une idée s'était imposée à elle, et qu'elle tenait son discours. J'avais convenu que l'idée était originale.

Le soir du gala, sanglé dans un costume en lin couleur crème, j'accueille les invités à l'entrée du jardin. Tape dans le dos pour les hommes, baisemain pour les femmes, compliment pour les inconnus. Quand tu ne reconnais pas quelqu'un, parle-lui de son teint sublime ou de sa ligne affûtée, m'avait dit mon père. Obéissant, je complimente à la chaîne.

J'ai choisi le restaurant du Pré Catelan, un pavillon style Napoléon III posé au milieu du bois, trois étoiles au Michelin. Malgré l'orage annoncé depuis plusieurs jours, j'ai fait monter un énorme barnum sur la terrasse. Je veux éblouir Jeanne, lui montrer l'homme puissant que je suis, capable de défier les éléments.

Arrive enfin celle que j'attendais, belle et perdue au milieu de visages inconnus et des éclats de conversation. Elle m'aperçoit et se rapproche comme si j'étais le grand phare au milieu d'un océan hostile et glacé. Élégante sans s'en apercevoir, elle rabat une mèche derrière l'oreille ou se passe la main sur la nuque et chacun de ses gestes provoque une décharge dans ma poitrine.

Le monde autour cesse d'exister.

D'autorité, je l'attrape par l'épaule et l'emmène à l'intérieur vers les tables du banquet. Le contact de sa peau me donne des frissons, un shot de plaisir, qui me traverse du creux de la nuque jusqu'à la pointe des pieds.

Je lui montre la table d'honneur – la sienne, donc –, où elle est placée en face de moi, entre un ancien ministre et le PDG de la Banque Palatine. Un coup d'œil à la pendule, dans vingt minutes, début des enchères.

Je lui demande si elle est prête. Elle esquisse un sourire forcé, je sens qu'elle a le trac, qu'elle donnerait sa robe gris perle et ses boucles d'oreilles tourmaline pour être loin d'ici, à préparer le dîner de sa fille. Avec son trait d'eye-liner qui rehausse son teint de porcelaine, elle ressemble à un faon affolé.

Les femmes emperlousées arrivent par grappes, cherchent leur place, sûres d'elles, sourires carnassiers, masques figés, impossible de leur donner un âge. Les hommes, regards complices, se congratulent avec discrétion. Ce petit monde, décontracté, contraste avec l'embarras de Jeanne, déjà assise seule à sa table, bien droite, cernée par cette assemblée qui l'agresse de son aisance et de son opulence.

Devant nous, une femme virevolte, de dos, sublime, dans une robe qui laisse voir en transparence des fesses rondes et musclées, et se faufile avec grâce d'une table à l'autre, comme un chat. Peau dorée, cheveux raides et noirs, elle se retourne, me sourit, c'est ma femme. Elle raconte à sa voisine qu'elle a refait la décoration de Maunoury. Elle dit Maunoury comme si notre maison était l'épicentre du quartier, comme d'autres diraient Notre-Dame ou la Concorde. Exprimer le tout par la partie, n'est-ce pas le comble du snobisme ? Son essaim d'admiratrices l'entend expliquer qu'elle a tout aménagé elle-même avec des objets chinés aux puces, qu'elle voulait éviter ces décorations bâclées par un architecte d'intérieur prétentieux et sans personnalité. Jeanne ne perd pas une bribe de la conversation, et doit songer à son trois-pièces tout Ikea, dont elle confierait bien la décoration à un architecte, même prétentieux, même sans personnalité.

Enfin, je me lève et lance la soirée sous les applaudissements, avec un éloge de Jeanne où résonnent les mots courage, partage, combat, humanité. Au moment où je lui demande de me rejoindre, la pluie commence à tomber et j'élève la voix pour couvrir le bruit de la mitraille qui grêle la bâche.

Les visages de cire l'observent et sourient avec embarras. Elle s'avance lentement, prenant soin de ne pas se prendre le pied dans les câbles. Menton collé sur le micro et regard fixe vers le quatrième rang, comme on lui a appris à la répétition, elle se lance non sans m'avoir adressé un sourire. Je ne sais si ma présence l'apaise ou l'enivre ; à ce stade de l'histoire, je prends les deux.

Par un miracle, dont son apparition ne peut être que la cause, l'averse cesse et le silence se fait.

— Chers amis, plutôt que de vous faire un long discours sur notre association, je voudrais vous parler d'un homme. Il s'appelle Bushman.

Il y a vingt ans, il aurait pu être vous, il aurait pu être moi. Il avait un travail, une famille, une maison, bref une vie heureuse et bien remplie. Pas une vie sans nuage, non, mais une vie digne d'être vécue. Ensuite, les choses ont mal tourné pour lui, il déteste qu'on s'apitoie sur son sort, je ne vais pas m'attarder sur ce qui lui est arrivé. Bushman est l'un de nos deux cents résidants.

Elle marque un long silence, c'est le signal. Elle a été parfaite, élégante mais pas menaçante, intelligente sans être humiliante.

— Mesdames, Messieurs, je vous demande d'accueillir Bushman parmi nous.

Des applaudissements timides montent de la salle, mais pas de Bushman en vue, je m'étais pourtant assuré de sa présence, l'avais caché dans la cuisine, avec la complicité du traiteur, pour ménager un effet de surprise sur l'auditoire. Jeanne et lui avaient tous les deux écrit et répété plusieurs fois son discours, émouvant mais bref et sobre, pas tire-larmes, juste quelques épisodes d'une déchéance. On lui avait trouvé une tenue et des chaussures. Tout était prêt.

Enfin, il arrive, avance vers la scène, son smoking bien trop grand fait ressortir sa maigreur. Il y a quelque chose qui cloche dans sa démarche, il titube, comme s'il foulait le pont d'un navire par gros temps, lance un regard honteux à Jeanne. Je comprends qu'il a bu et pas une bière ou deux, histoire de se donner du courage, je parie que ce corniaud a englouti les fonds de verres du cocktail, des fonds bien hauts car chez nous on trempe à peine les lèvres dans les verres, trop de sucre et d'alcool. Je m'en veux d'avoir accepté ce scénario, cette mise en scène était bien trop risquée, lui dans le rôle de l'ours savant, elle dans celui du dresseur malhabile, venus confirmer que décidément ces gens-là ne sont pas comme nous.

Bushman prend le micro et lance :

— Bonjour, euh bonsoir à tout le monde.

Long silence. Il cherche Jeanne du regard.

— Euh, c'est pas vrai ce qu'elle a dit la patronne. J'ai jamais été comme vous. Pis ma femme non plus. Pour ce que je m'en souviens, elle était sacrément moins bien roulée.

Silence. Quelques rires fusent dans l'assemblée.

Je vois Jeanne plonger les yeux sous la nappe, presque aussi blanche qu'elle.

— Bon, vous voulez que je vous raconte ma vie ?

Murmure d'approbation dans la salle.

Et là, il lève la main, une main à trois doigts : pouce, index, majeur.

— Je commence par la fin, quand la presse m'a bouffé deux doigts. C'était chez Renault, mais Renault vous devez pas connaître, hein ? Ici c'est plutôt Mercedes et compagnie.

Rires gênés. Jeanne, toujours livide, ne peut s'empêcher de sourire.

— Donc, après le coup de la presse, on m'a mis à l'entretien, avec le même salaire. Autant vous dire qu'au premier plan social, ils m'ont pas loupé et j'ai pris la porte.

Soudain, splash, la bâche qui abritait la petite estrade s'effondre sur le bonhomme, le douchant des dizaines de litres d'eau qu'elle contient.

D'un même élan, Jeanne et moi bondissons de nos chaises mais pas assez vite pour rattraper Bushman trempé qui fend la foule et se perd dans la nuit. Je me précipite sur l'estrade pour lancer une blague sur ces nouveaux voisins qui décidément n'ont pas de chance, sous le regard pétrifié de Jeanne.

Pour une fois qu'on s'amuse dans un gala, lance une comtesse au premier rang. Jeanne reste immobile, comme si son cerveau s'était dissocié de son corps pour se mettre en sommeil.

Bien plus tard, après le départ des invités, Jeanne et moi sommes assis tous deux à une table abandonnée. Salle déserte, nappes tachées, bouquets fanés. Autour de nous, le personnel s'affaire et le directeur du restaurant papote avec le chef de rang.

J'annonce à Jeanne que les dons ont atteint un total de cent soixante mille euros, un excellent score pour ce type de soirée. La mésaventure de Bushman a ému les convives qui ont sorti leurs chéquiers. Ébahie par la somme, elle rit et l'éclat de son rire est une caresse.

Jusqu'à présent, Jeanne et moi ne nous sommes jamais vus sans chaperons, sans ces boucliers que sont Sacha, Chloé, les résidents, les bénévoles ou les voisins, et ce tête-à-tête me paralyse.

Hier, je lui ai fait porter des hortensias bleu Atlantique – mes préférés. Elle m'a remercié d'un texto poli, mais froid.

Elle me parle du dîner, de ses regrets d'avoir exhibé Bushman comme un animal de foire, mais je n'entends plus rien, je sens mon cœur tambouriner, ne vois que sa bouche que j'aimerais contre la mienne, ses yeux qui me transpercent, sa peau blanche presque transparente. Je voudrais arracher ses vêtements et que nos corps se mélangent. Il n'y a plus rien que le désir, brûlant et impérieux.

Le bruit de l'aspirateur nous interrompt, j'ouvre les yeux et aperçois le chef de rang venu me saluer. Je me ressaisis, appelle un taxi pour Jeanne, lui ouvre la portière, et vois s'effacer sa silhouette dans la berline. J'imaginais ce gala comme une délivrance, il n'en est rien, je suis amoureux et cet amour me fait mal, comprime ma poitrine et me laisse seul et désorienté.

17.

Tout le monde a quitté les lieux. La pluie a cessé. Je reste seul dans la pénombre à humer l'air de la nuit. Après ce moment d'intimité frustrante auprès de Jeanne, je suffoque. La rage m'envahit et me tend comme un gladiateur. Quel crétin, j'aurais dû tenter une attaque à la fin du gala, un baiser, une caresse, une étreinte, n'importe quoi plutôt que cette maladroite politesse de puceau. Je songe à prolonger la nuit au Matignon ou au Medellin, mes adresses de la nuit, besoin d'adrénaline, de coke, de vodka, d'une fille d'un soir, tout plutôt que de finir seul comme un clebs chez moi à côté de Bénédicte endormie, ses AirPods encore dans les oreilles.

J'aperçois Bushman recroquevillé en bas de l'escalier, comme un vieux sac-poubelle abandonné. Dans l'agitation de la soirée, tout le monde l'a oublié. Trempé comme une souche dans son costume, il empeste l'alcool. J'hésite à m'approcher de lui, envie de fuir, j'ai fait ma part, ai été patient, attentif, lui ai offert un costume, des chaussures, et une visite chez le coiffeur, tout ça pour qu'il se donne en spectacle ivre devant tout mon carnet d'adresse. Je ne suis pas un saint, j'ai aidé cet homme pour me rapprocher d'une femme qui m'attirait, j'ai superbement échoué, autant me retrancher sur des rives que je connais.

Et puis je me reprends, il est mon seul lien avec Jeanne qui m'a demandé de veiller sur lui, je ne vais pas abandonner si près du but juste parce qu'elle ne s'est pas jetée dans mes bras dès la première soirée. Un peu de patience.

Je lui passe mon imperméable, il grelotte, fait le difficile, je l'aide à l'enfiler et lui propose de le ramener.

En marchant vers la voiture, de l'autre côté de l'allée, il salue de la main une silhouette, une de ces créatures étranges collées aux arbres hiver comme été dont je n'ai jamais bien su si elles étaient hommes ou femmes. Il traverse la route vers elles, je le suis. Sous le ciel d'orage, les arbres semblent se rapprocher pour former un abri. Je jette des coups d'œil autour de moi, éprouve de la honte à être vu ici en une telle compagnie. La silhouette, longs cheveux noirs et minirobe blanche très décolletée, s'approche de Bushman, elle semble le connaître depuis toujours, lui dit « on te voit plus ces derniers temps » avec un fort accent espagnol. Dans cette allée sans éclairage, tout m'apparaît sordide, laid, écœurant. Effrayé, je songe à m'éclipser, envie de retrouver le charme discret et bien comme il faut de mon quartier, à quelques coudées de ce lieu sinistre, quand, derrière les branchages, surgissent deux autres filles. Rien ne va dans leur physique : seins trop gonflés, nez rabotés, peau gondolée comme de la tôle, maquillage de poupée et parfums sucrés qui donnent des haut-le-cœur. Ces femmes sont repoussantes, impossibles à aimer. Mais à cette heure avancée de la nuit, je ne peux pas lâcher Bushman, qui ronronne comme un vieux matou sous les caresses de ses copines. Il sort un briquet pour allumer les cigarettes de ses amies et ils restent là quelques minutes, silencieux, dans l'air frais d'après l'orage, à souffler des volutes de fumée qui dessinent des fantômes dans la nuit. La brune lui frotte le dos et lui caresse le crâne, c'est un geste furtif, quelques secondes peut-être, mais à ce moment, entre ces deux êtres cabossés, il me semble d'une infinie tendresse. Moi qui ne m'approche guère de Bushman tant son haleine me répugne, je vois qu'ici il est aimé, touché, câliné même. Devant ses amies, il fait le malin, dit qu'il vit dans un quartier chic à présent, avec un toit sur la tête et une chambre rien qu'à lui, une porte qui ferme à clé, une armoire neuve. Elles le félicitent et lui demandent s'il a gagné au loto, le traitent de *pijo*, de petit bourge, ils rigolent.

Une fille, vêtue d'une peau de bête, une vraie femme préhistorique, raconte entre deux fous rires comment elle a chassé à coups de pied un client qui refusait de payer compte tenu de la taille de son sexe. Ici, c'est l'argent qui compte, pas la taille, donc tu dégages, lui a-t-elle balancé. Elle ajoute que pour moi, elle veut bien faire une exception, je suis mignon, ce sera gratuit. Une autre, blonde platine et robe en cuir noir, lance que si je suis riche et bientôt mort, elle veut bien m'épouser.

Et puis, comme submergées par l'envie de parler, réalisant que je comprends leur langue – comme tous les cancres, j'ai fait espagnol deuxième langue – elles me racontent leur histoire et ma pupille qui ne voyait que du noir dans cette caverne commence à s'adapter et à voir la lumière. Mon cerveau qui se protégeait de toute cette misère se met à enregistrer. Dans la pénombre, des étoiles apparaissent subitement.

Pour la première fois, je vois devant moi des êtres humains, pas des monstres. Des êtres lumineux mais dont les rayons sont tournés vers l'intérieur, invisibles à nous. Tout à coup, parmi ces filles et ce clodo, je découvre un pays étranger à deux pas de chez moi, un pays où il y a peut-être plus d'humanité que dans le mien. Elles me tendent des photos de la famille restée au pays, de leur « mari » qui les attend à la maison, des images du pèlerinage à Lourdes de l'année dernière, une bonne occasion de rigoler entre copines. Elles se plaignent des clients aussi : ceux qui demandent une remise, ceux qui proposent cinquante euros pour quinze minutes puis essaient de rallonger gratuitement, ceux qui font semblant d'avoir oublié leur argent. La blonde danse pour se réchauffer.

Devant nous, le conducteur d'un bus de la compagnie Standing Tour, qui trimballe habituellement les touristes jusqu'à la tour Eiffel ou les équipes de football d'une ville à l'autre quand elles ne prennent pas leur jet, s'arrête pour se renseigner sur les tarifs.

Je demande aux filles ce qui leur plaît dans ce métier.

— Mais l'argent, mon chéri, quoi d'autre à ton avis, s'esclaffent-elles.

— Et le plus pénible ?

— Le plus dur, c'est de ne pas être regardé, de voir les yeux se détourner, dit la blonde platine.

Puis elle ajoute :

— Non, le plus dur, ce sont les insultes, on dit qu'on s'y habitue mais c'est faux. C'est comme de l'acide sur la peau, ça ronge.

Je les regarde fumer, rire, se plaindre du froid ou d'un talon cassé.

Certaines sont riches, me chuchote Bushman, elles sont très demandées, s'achètent un beau pavillon en banlieue, des vêtements de luxe.

— J'adore la France, Paris, les boutiques, m'explique en espagnol la fille aux cheveux platine, tout en caressant le museau de son bichon qui dépasse d'un sac Hermès. Tous les ans, avec l'argent, je me refais quelque chose, c'est mon plaisir, ajoute-t-elle en posant son index sur ses pommettes saillantes. C'est aussi une question de business, les clients commencent à me trouver vieille, ils demandent des remises.

Bushman me montre une grande fille maigre un peu à part. Lui, il arrive et repart en homme, sa femme et ses enfants ne savent rien de son métier, il n'y a qu'ici qu'il est une femme.

Il serre longuement dans ses bras chacune de ses copines, puis nous repartons vers la voiture.

— Sûrement à demain, ma Laura, conclut Bushman à l'adresse de la fille aux cheveux noirs.

— Manana, je pars à Lourdes *con las chicas.* Viens dimanche soir, *mi cielo.* Je serai là, je t'attendrai, répond-elle dans un mélange de français et d'espagnol.

Elle lui adresse un au revoir de la main et un grand sourire.

Je songe que j'aimerais moi aussi que quelqu'un me dise « je suis là et je t'attends ».

Sur la route du retour, Bushman me montre des filles, roumaines, mineures, qui guettent le client. Les « vraies filles », comme il dit, sont tristes, n'ont pas le sens de la fête. La différence entre elles et les trans, c'est que les trans travaillent pour nourrir leurs mamans, elles, pour nourrir leurs gosses. Les filles vivent de la rue, et moi je vis dans la rue, ce sont mes sœurs, conclut-il.

Je le dépose au centre, rasséréné, comme si l'amitié et la chaleur des Péruviennes l'avaient davantage réchauffé que mon imper Burberry.

Quand j'étais enfant, ma mère me lisait le soir un livre qui s'appelait *La Clinique des petits chagrins.* Les gens venaient du monde entier déposer leurs soucis dans une bâtisse arc-en-ciel et repartaient le cœur léger. Le bois de Bushman est une clinique des petits chagrins.

Aujourd'hui, je me souviens bien de Laura, je me souviens de la robe blanche qu'elle portait, ça m'avait frappé, une robe claire dans cette obscurité. Je me souviens de son regard sur Bushman, un regard doux, qui respirait la bonté. Je me souviens qu'elle l'appelait *mi cielo*, mon ciel. J'avais pensé à cet instant que les êtres humains trouvent toutes sortes de manières de s'aimer et de veiller les uns sur les autres, indépendamment des liens du sang ou de la famille. Aujourd'hui, je ne sais plus très bien ce qu'est l'amour, quelle forme il prend ni par où il passe, mais dans ces échanges de regards ce soir-là, je sais qu'il circulait, qu'il imprégnait l'air que nous respirions et réchauffait la nuit fraîche.

18.

Pour la première fois, Laura se rend dans une gare parisienne, prend émerveillée le TGV avec les collègues, deux prêtres, des bénévoles. Elle a accepté l'invitation du père Jean-Philippe qui chaque année emmène les filles qui le souhaitent en pèlerinage à Lourdes.

Dans le train, la petite troupe mange des chips, boit du Coca, entonne des chants religieux espagnols qui rappellent ceux de l'enfance. Laura et Karen partagent une chambre dans un hôtel perché sur une colline, avec vue plongeante sur la grotte où la Vierge Marie est apparue à Bernadette Soubirous. Le père Jean-Philippe emmène le groupe déposer des cierges sur place et improvise une prière.

« Marie nous enseigne, dit-il, qu'une mère n'aime pas son enfant pour ses diplômes ou sa réussite, elle l'aime quoi qu'il arrive, et encore plus dans la difficulté. Une mère aime tous ses enfants, même ceux qui ne marchent pas dans les clous, surtout ceux qui ne marchent pas dans les clous, elle ne les juge pas, ne les compare pas, les aime sans condition. » Laura pense à sa mère qui l'a tant protégée et qu'elle a abandonnée.

Le lendemain, sur le chemin de croix, elle croise des groupes de malades, des personnes très âgées, chacune marchant à son rythme. Les filles se sentent bien au milieu de ces éclopés de la vie qui, chaque jour, comme elles, portent leur croix. Laura raconte au père Jean-Philippe le gang des Égyptiens, la violence au bois, la peur qui ne la quitte jamais. Il y a des gens qui ne vous aiment pas, prions pour que leur cœur change, dit-il.

Rentrée à Paris, ragaillardie par son pèlerinage, revigorée par ces journées de prière, elle songe au prêtre qui lui a parlé d'un accueil en Seine-et-Marne pour les filles décidées à sortir de la prostitution. Tu peux gagner de l'argent autrement, lui a-t-il dit. Une autre vie t'attend. Bientôt, il lui présentera d'anciennes collègues sorties du bois qui lui montreront le chemin.

19.

Attablé à l'heure du déjeuner dans le petit patio de l'hôtel Royal Monceau, je regarde le manège des mannequins, actrices, attachées de presse qui s'embrassent et se congratulent, comme si la vie n'était que champagne et manège tourbillonnant. Un homme en costume rose et lunettes mouche donne des morceaux de crevette tempura à son loulou de Poméranie assis en face de lui. Un jeune couple d'Anglais, sûrement en lune de miel, pianotent sur leur téléphone, déjà indifférents l'un à l'autre. J'ai mes habitudes ici, je sais parler aux filles, les faire rire, leur offrir des verres et des cigarettes jusqu'à ce que, parfois, elles acceptent de monter avec moi dans une chambre au-dessus. Je tente bien quelques regards en coin et des sourires appuyés, mais le cœur n'y est pas. Parmi les visages qui défilent, je cherche des cheveux à la garçonne sur un corps androgyne, une salopette en jean, une main sur la nuque. Je ferme les yeux pour penser à ceux de Jeanne qui me sourient. J'imagine chaque partie de son corps et rêve d'étreintes brutales, voudrais la prendre avec une telle force qu'elle se briserait comme un vase de porcelaine.

De retour chez moi, privé d'elle et comme privé d'air, j'attends couché sur le flanc, espérant un SMS, un coup de fil, une visite, un télégramme, un pigeon voyageur. Mais rien ne vient. La belle n'a même pas pris la peine de me remercier pour l'argent récolté lors du gala. M'en veut-elle d'avoir jeté Bushman dans la fosse aux chacals ? N'était-ce pas son idée ? Acceptera-t-elle un autre tête-à-tête avec moi après ce bal des vanités ? Près d'elle, le soir du gala, je me sentais invincible ; sans elle, je suis un oisillon cloué au sol. J'aurais voulu qu'elle me connaisse avant notre rencontre, elle aurait vu l'homme fort, indestructible que j'étais à l'époque. Impossible de me rappeler comment je respirais avant de me cogner contre elle. Impossible aussi de me concentrer sur quoi que ce soit, elle surgit aussitôt, envahit mes pensées et chasse tout le reste. Comme un automate, je donne des consignes au téléphone, règle quelques détails, réponds « je vais y réfléchir » quand on me demande mon avis tandis que mon esprit s'est envolé auprès de Jeanne.

Enfin, peu avant l'aube, son nom s'affiche sur l'écran du téléphone et toutes mes douleurs se volatilisent.

Bushman a disparu. La voix de Jeanne est inquiète, il ne s'est pas présenté à l'atelier menuiserie hier matin, n'est pas rentré dormir le soir, ne répond pas sur son portable. Elle l'a attendu toute la journée, a fini par appeler la police au petit matin. « Aucune trace, pas d'indice, c'est mauvais signe, dit-elle, quand on n'a pas de nouvelles d'un sans-abri au bout de vingt-quatre heures, on ne le revoit pas vivant. »

Dans son métier, le taux d'échec est important. Pour un pensionnaire qui s'en sort, un autre ne supportera pas la vie en communauté et s'enfuira, sans donner signe de vie, jusqu'à ce que tombe l'information d'un nouveau mort dans le quartier. Le plus dur, c'est d'aller reconnaître le cadavre à la morgue, m'avait-elle confié. Un cadavre que personne ne réclamera ni ne pleurera, une existence sans témoin d'un humain qui un jour peut-être avait été regardé par sa mère comme un cadeau du ciel.

Je me ressaisis et rassure Jeanne : Bushman est bien vivant, ses copines péruviennes sauront le retrouver, je pars immédiatement à ses trousses.

Dans ma voiture, direction la route du Pré Catelan, je me surprends à être inquiet. Bushman, c'est mon protégé, je tiens à lui. Dans les phares qui illuminent cette allée étroite et sombre, j'aperçois la fille aux longs cheveux noirs, adossée à son arbre, casque vissé sur les oreilles. Elle a troqué sa robe blanche contre un ensemble vert fluo, qui contraste tout autant avec l'obscurité de l'allée. De nouveau, la honte me submerge, je regarde à gauche, à droite, avant d'ouvrir la portière, pas question qu'on me reconnaisse dans ce lieu que je fréquente depuis trente ans. À quelques mètres d'ici se trouve mon club de sport accessible seulement par cooptation, où je nage tous les dimanches.

Je salue la jeune femme en espagnol, lui dis que je cherche Bushman. « Ah oui, le bello chico, je me souviens bien de toi, dit-elle en souriant. Les copines se demandaient toutes quand tu allais revenir. Non pas vu Bushman depuis plusieurs jours, mais si tu as une cigarette je veux bien. » Je m'excuse de ne plus fumer et m'apprête à prendre congé quand j'entends un fracas de verre de l'autre côté de la route. Je me retourne et j'aperçois des hommes occupés à fouiller ma voiture. Pas question de me laisser dépouiller sans réagir, je cours dans leur direction en passant mentalement en revue mes attaques et défenses de krav-maga. Un grand costaud muni d'une matraque, vêtu d'un survêtement Adidas blanc, me toise et me lance « dégage ou je te défonce ». Un deuxième, petit et mince, tee-shirt noir du PSG sur le dos, se positionne juste derrière moi. Sans arme, dans le noir, j'évalue immédiatement la situation, je dois courir, décamper, mais par où ?

Soudain, je sens une main me saisir par la peau du crâne, une autre appuyer sur ma gorge, j'étouffe. Le gars au survêtement Adidas, posté devant moi, me frappe à l'estomac. Plusieurs fois. Douleur sourde. Puis il s'attaque à mon visage. Gauche droite. Droite gauche. Goût de sang dans la bouche. Une dent qui tombe. J'ai déjà pris de nombreuses raclées, je sais que la première règle est de se protéger la tête. On se remet d'une épaule déboîtée, d'un doigt foulé, pas toujours d'un traumatisme crânien. J'arrive à libérer un bras que je bloque devant mon visage. Mais impossible de me dégager, le petit sec me plaque contre lui tandis que son collègue me bombarde. À un moment, l'homme qui me tenait enserré me lâche dans un hurlement et me laisse glisser au sol. À côté de moi, je vois un grand Noir occupé à tabasser le petit nerveux. Plus loin, Laura asperge le grand balèze de gaz lacrymogène, avant de le frapper au visage avec ses poings. Bon sang, elle frappe comme un robot, le type titube comme s'il recevait des balles.

Les deux brutes disparaissent dans la nuit. La chemise trempée de sueur et de sang, les jambes chancelantes, j'essaie de me relever, avant de m'écrouler à nouveau dans l'herbe. Laura tousse, se frotte les yeux rougis par le gaz, tandis que son ami, impassible, se masse un peu les phalanges puis remet son casque sur ses oreilles, comme s'il venait de renseigner un passant. La jeune femme hausse les épaules quand je grommelle que je vais appeler la police. « Bienvenue au bois, la police ne vient jamais ici, nous sommes seuls, c'est la jungle. »

Je songe à tous ces entraînements reçus depuis l'adolescence, ces combats gagnés, ce sentiment d'invincibilité que j'éprouve parfois en marchant dans la foule. Tous les jours, je soulève de la fonte, m'entraîne avec un ancien instructeur de l'armée israélienne, crois savoir donner des coups et les esquiver, me vante de terrasser des adversaires de vingt ans de moins. Souvent, je fantasme des combats avec des terroristes aguerris. Mais ici, je découvre une violence à laquelle je n'ai pas été formé et qui me laisse démuni. À cinq minutes de chez moi, je dois la vie à une prostituée péruvienne et à un grand Noir en jogging dont je détournerais le regard si je les croisais dans la rue.

Assis par terre, pétrifié, j'attrape la main de Laura qui me relève. Elle me tend un mouchoir et une bouteille d'eau. « Là, tu ressembles un peu plus à un chico de la rue, dit-elle en souriant, tu viens de passer ton baptême du bois. » Elle réajuste ses cheveux et me dit qu'elle doit travailler. Choqué, groggy, incapable d'articuler un mot, je ne la remercie pas, ne la salue pas, ne lui propose pas de venir prendre un café comme j'imagine que cela se fait avec quelqu'un qui vient de vous sauver la vie. Je m'enferme dans ma voiture et démarre pour m'enfuir loin de ce ventre des enfers.

Sur la route, mains tremblantes sur le volant, je crois voir les arbres se refermer sur moi et j'ai peur que les deux dingues surgissent dans la pénombre, jamais la route jusqu'à la porte de la Muette ne m'a semblé aussi longue. Quand le portail de mon garage se referme derrière moi, je respire enfin. J'ai honte d'avoir eu peur.

Sorti à pied du parking, je croise des femmes noires qui descendent d'un bus, femmes de ménage j'imagine, en chemin pour récurer les bureaux avant l'arrivée des « travailleurs ».

À cette heure avancée de la nuit, on voit des Noirs et des Arabes qu'on ne voit pas de jour dans ce quartier. Il y a les gens de la nuit, et les gens du jour. Mon chemin a croisé celui d'un être de la nuit. Moi, né ici, elle, née là-bas ; moi, dans une famille où il y a tout, elle, dans une autre où, j'imagine, il n'y a rien. Elle se battant pour sa survie – et cette nuit, la mienne –, moi pour trois bricoles qui traînent dans ma voiture.

Dans la salle de bains, j'évalue les dégâts sur mon visage. Quelques coupures à la lèvre, du sang séché autour de la bouche et deux dents en moins que je remplacerai vite chez un voisin dentiste. Mais dans quelques heures, ma tête ressemblera à une pastèque, violette et gonflée. Bénédicte bouge à peine quand je me faufile dans le lit, j'écoute sa respiration régulière, me blottis contre son dos tout chaud. Je suis tellement heureux d'être chez moi.

Toute la matinée, alité, secoué par la fièvre, je cherche une position pour apaiser mon corps meurtri, qui n'est plus qu'un sac de douleur.

Je pense à cette femme qui m'a sauvé la vie. Depuis toujours, il m'arrive de croiser des prostituées quand je traverse le bois en voiture, elles font partie du décor, comme les arbres le long de la route. Mais jamais je ne me suis interrogé sur leur parcours, leur quotidien, leurs peurs et leurs rêves, leur humanité en somme. J'ai vu Laura faire face à celui qui me tabassait et le dominer malgré ses talons aiguilles. Avec mes amis de la Ligue de défense juive, nous nous battions, pour des idées et notre cause. Cette nuit, j'ai vu quelqu'un risquer sa vie pour un inconnu. Je ne suis pas certain que j'aurais eu ce courage.

Elle m'a sauvé la peau et, quelques minutes plus tard, j'ai détourné le regard et me suis enfui comme si elle avait la lèpre.

Je me promets de revenir pour la remercier et aussi régler leur compte à ces brutes du bois.

20.

Vers quatorze heures, le nom de Jeanne s'affiche sur l'écran de mon téléphone. D'une voix victorieuse, elle m'annonce qu'elle est en bas de chez moi et m'attend pour aller chercher Bushman. Ricardo, le peintre argentin, a retrouvé le vieil homme dans sa cabane en bois nichée dans le parc de Bagatelle, au milieu des paons et des chats sauvages.

Je réponds que je suis cloué au lit par un mauvais virus, elle insiste, alors, comme envoûté, je me lève et parviens à me traîner jusqu'à la douche. La voix et l'assurance tranquille de Jeanne lavent mes douleurs. Je cache comme je peux les ecchymoses noires et violacées derrière des lunettes et le fond de teint caramel de Bénédicte.

Jeanne et sa fille sursautent en me voyant, mais ne posent pas de question et nous partons. Sur place, nous trouvons le vieil homme assis sur un banc, un chat sur les genoux, un autre dormant à ses pieds.

— Je veux vivre avec mes chats, lance-t-il, pas du tout surpris de nous trouver là. Vous savez qu'ils sont interdits dans les maisons de retraite ?

— Ils mangent les vieux ? demande Chloé, intriguée.

Il sourit :

— Quand un vieux va mourir, sa température augmente un peu. Les chats le sentent, se collent à lui, tout le monde sait qu'il va clamser et ça fait désordre. Moi, j'aimerais bien partir réchauffé par mes chats.

Jeanne reste silencieuse, elle sait qu'il ne reviendra pas.

— Qui t'a arrangé le portrait mon gars ? me lance Bushman. Il t'a pas loupé. Et puis regarde-toi, tu marches comme un vieillard.

— Oh, c'est rien, juste un combat de boxe un peu viril, ça va vite passer.

Jeanne s'engouffre dans la brèche :

— Depuis quand on griffe l'adversaire sur un ring ? Depuis quand on étrangle ?

Elle désigne les marques rouges dans mon cou.

Las, je décide de tout raconter. L'appel inquiet de Jeanne après la disparition de Bushman, mon expédition nocturne auprès de ses amies péruviennes, les agresseurs surgis de nulle part comme des oiseaux de proie, le passage à tabac, l'intervention de Laura qui me sauve la vie. Et ma fuite sans un regard ni un merci.

— Ma Laura... reprend Bushman, songeur. Sacrée fille, elle cogne dur, hein ! J'aime pas ça, c'est de la mauvaise graine, ces types, ils sont rancuniers, ils vont revenir se venger. Ils ont déjà violé et tabassé plusieurs filles. Ma Laura, elle sait se défendre, mais j'aime pas ça du tout. Des fous j'vous dis, capables de vous égorger pour un mauvais regard.

— Moi non plus, je n'aime pas ça, j'ai vu la haine dans leurs yeux. Sans Laura, je serais mort pour un sac de sport dans mon coffre. Je sais qu'ils reviendront, je vais les retrouver avant que ça dégénère.

Jeanne intervient :

— Hé, oh, on n'est pas dans la jungle ici. On ne se fait pas justice soi-même. Ce qu'il faut surtout, c'est sortir cette femme de cet enfer, la mettre à l'abri le temps que ça se calme. Je pourrais la loger au centre. Et puis ça donnera peut-être envie à Bushman de revenir vivre avec nous.

(Elle adresse un clin d'œil au vieux bougre.) Je vais me renseigner auprès de la mairie.

— Elle sait me parler, dit Bushman en me regardant.

Avec Jeanne et sa fille, nous traversons la roseraie. Elles s'attardent sur chacune, des dizaines de variétés de roses, de toutes les couleurs et formes, émerveillées par tant de nuances et de parfums.

Plus tard, je les emmène au Jardin d'acclimatation où j'ai passé tant d'après-midi avec Sacha. La descente de la rivière, les miroirs grossissants, les chaises volantes, je connais les manèges qui effraient délicieusement les enfants et ceux qui donnent mal au cœur. Après avoir essayé chaque attraction, Chloé demande à faire un autre tour. Sa mère répond qu'elle n'a que dix tickets, qu'il vaut mieux les garder pour les trampolines qu'elle adore.

— C'est quoi ce parc où on paie d'abord pour entrer et encore pour monter dans les manèges ? me demande Jeanne en levant les sourcils.

Je lui souris :

— C'est une coutume du XVIe, tout a un prix, et encore, note que les toilettes sont gratuites.

J'envie à Jeanne sa capacité à dire non à sa fille, sans que celle-ci se renfrogne ou se roule par terre. Ces deux-là semblent s'accorder parfaitement, la fille prend souvent la mère par la main, la mère touche la nuque de sa fille et dépose des baisers sur son front. Dans le regard de Jeanne, je lis la fierté ; dans celui de Chloé, la confiance ; dans les deux, l'amour. Si la beauté, c'est ce qui est beaucoup aimé, ces deux-là en rayonnent.

Nous rentrons à Paris par la route des lacs. Quand je vois l'embranchement vers la route du Pré Catelan, je repense à Laura, aux Égyptiens, et je me raidis. Je sens les battements de mon cœur accélérer et à nouveau la honte me vriller le cerveau. Je n'ai pas répondu à Jeanne mais je compte bien faire passer l'envie de revenir à ces salauds. Aucun crime ne doit rester impuni, leçon retenue de la Torah : œil pour œil, dent pour dent, main pour main, pied pour pied. Cette pensée me fortifie et atténue mes douleurs.

Chloé dit qu'elle meurt de faim alors j'improvise et propose de traverser en barque le lac supérieur pour rejoindre le restaurant Le Chalet des îles, véritable maison alpine plantée au milieu du lac. Le propriétaire, un partenaire de tennis, vient nous saluer, un peu surpris de me voir en compagnie d'une autre jolie femme que la mienne, mais ne pose pas de question, préférant m'informer de l'évolution inquiétante de notre cher bois : incivilités de plus en plus graves, dépôt sauvage de déchets, voitures forcées, violence. Jamais le bois n'a été aussi sale et dangereux, dit-il sans la moindre question relative à mon visage marqué de coups. Ce type serait capable de parler de l'alopécie à un chauve.

Chloé semble à peine écouter, occupée à mastiquer son omelette, elle est encore à l'âge où on mange par plaisir et non par obligation, où on ne convertit pas chaque bouchée en calorie, fibre, gras ou protéine. Après le dessert, elle lance, miette après miette, le pain de la corbeille aux canards, oies, cygnes et autres volailles, retardant le moment du départ pour mon plus grand bonheur. Jeanne et moi restons côte à côte, en silence, à regarder les va-et-vient de cette basse-cour. Plus tard, je penserai souvent à ces moments de rien, au joli trio que nous formions.

Je raccompagne la mère et la fille puis rentre chez moi le cœur lourd. Je n'ai jamais ressenti le besoin d'avouer mes aventures jusqu'à aujourd'hui. Entre Jeanne et moi, rien de coupable, quelques regards, sourires et pensées magiques, mais je ressens l'urgence de dire à Bénédicte le torrent qui m'emporte malgré moi. Cette pensée me terrifie et me soulage tout autant. Au seuil de cette décision qui va bouleverser nos vies, je songe à celle qui m'accompagne depuis vingt ans.

Avec les filles, très vite, j'ai eu du succès. Je voulais en profiter mais j'étais timide, et me suis trouvé un allié infaillible, la coke, qui me transformait en un double de moi en mieux : sûr de lui, entreprenant, sans tabou. Entre vingt et trente ans, j'ai accompli le même rituel deux à trois fois par semaine : rail de coke, nuit en boîte, retour au petit matin avec une fille, parfois deux.

Quand Bénédicte a surgi dans une salle de classe à Assas où je donnais un cours de droit des affaires, un magistère familial, je voulais en finir avec cette vie qui ne menait nulle part ; je m'étais lassé des filles de la nuit, et elle est apparue comme un ange que je ne devais pas laisser passer. Étudiante en droit et en lettres, elle passait son temps libre à lire quand je ne parvenais jamais à la page vingt d'un polar. Moi, pilier du Baron et du Mathis bar, elle, abonnée à la Cinémathèque et à la BNF, on ne pouvait faire plus étrangers l'un à l'autre. Elle aimait Schubert et la viole de gambe, moi Sting et Serge Gainsbourg. Après dix ans de danse classique, elle ne jurait que par les exercices physiques qui travaillent la posture, les muscles profonds, quand je passais mon temps à transpirer à la salle de muscu pour gonfler mes pectoraux.

On s'est mariés très vite, puis Sacha est arrivé très vite aussi. Disparus, ses amis de la fac aux cheveux longs qui sentaient le tabac roulé. Envolés, ses projets de faire le tour du monde. Bénédicte s'est impeccablement fondue dans mon mode de vie de grand bourgeois : ski en Suisse l'hiver, bateau en Méditerranée l'été, brunch le dimanche avec tous les importants du quartier. Peu à peu déguisée en baronne, elle a aimé le costume et vite maîtrisé les codes. Abandonnant toute velléité de travailler ou d'écrire, elle s'est reconvertie en architecte d'intérieur, avec, à mon exemple, une seule cliente, elle-même. Quand je l'ai rencontrée, elle avait un charme sauvage et des rondeurs d'adolescente qui me faisaient fondre ; elle n'avait pas besoin de l'approbation des hommes pour aimer son corps, se sentir belle et libre, jouir, plusieurs fois en fermant les yeux. À force de gymnastique et de régimes, elle est devenue une de ces femmes sèches et inquiètes, guettant dans le regard des hommes sa date d'expiration.

Parfois, tard le soir, je la trouve emmitouflée dans un grand plaid, ses lunettes rondes sur le nez, absorbée dans un livre, et cette vision me renvoie quelques instants aux jours heureux de notre rencontre.

J'ouvre la porte, entends des rires dans la cuisine, aperçois Sacha et sa mère en pleine partie de Scrabble, leur passion honteuse. Bénédicte lève les yeux vers moi, fronce les sourcils et soupire :

— Tu t'es encore battu avec des Arabes ?

— Ce serait trop long à raconter mais oui, on peut résumer ça comme ça.

— Sacha a encore inventé des mots inconnus. Je ne sais pas d'où ça lui vient, cette manie de tricher.

— Pas du tout inconnus, rétorque le garçon, des mots venants du Chinois acceptées par le dictionnaire, vérifie si tu veux.

Et il lui tend le petit ordinateur qui valide des mots farfelus ou difficiles à orthographier.

Incapable de formuler une phrase, je les embrasse et disparais dans ma chambre.

21.

Au sous-sol de la maison France-Israël, j'ai rendez-vous avec deux camarades qui m'accompagnent depuis l'adolescence à la Ligue de défense juive. Protection des synagogues à Sarcelles ou rue de la Roquette, actions ciblées contre des antisémites notoires, ils étaient toujours là. Francis, policier le jour, militant la nuit, ancien combattant contre Occident ou L'Action française, et Yohann, mon instructeur de krav, m'ont formé au combat et remis sur des rails à une époque de ma vie où j'aurais pu mal tourner. À seize ans, j'avais demandé à mes parents de vivre seul ; je sortais le soir, fréquentais le Betar et cassais de l'Arabe. Ma mère s'acharnait à faire comme si tout était normal, m'emmenait au cinéma voir les films de Satya jit Ray, Fellini ou Marguerite

Duras, dont elle sortait émerveillée et moi silencieux, n'osant lui avouer que la plupart du temps, je m'étais endormi épuisé par mes expéditions nocturnes.

J'hésitais entre passer à des actions encore plus violentes et devenir un Juif religieux et contemplatif quand j'ai rencontré Francis et Yoann. Ils m'ont appris à me calmer, à canaliser ma colère pour l'utiliser à bon escient et m'ont détaché de ma fascination pour la violence. Eux n'éprouvent aucun plaisir à taper, font juste leur devoir. Parfois, de plus en plus rarement, quand ils ont besoin de renfort, je me joins à eux pour un service d'ordre ou une démonstration de force.

Souvent, ils me disent qu'avec ma Position Sociale, je serais plus utile comme avocat du mouvement, à défendre les collègues poursuivis pour coups et blessures, ou à lever des fonds pour la cause grâce à mes réseaux. Mais je refuse de rester à l'arrière. Et Bénédicte ne veut pas que je devienne une personnalité publique juive militante, et donc une cible.

Je leur explique la situation, il ne s'agit pas d'une action habituelle, aucun Juif n'est en danger dans cette histoire, juste une personne vulnérable qui m'a sauvé la vie au cœur du bois, un des endroits les plus dangereux de Paris.

Francis veut bien me donner un coup de main, par amitié. « Si on t'agresse, c'est moi qu'on agresse, mais ça doit rester secret, parce que ça n'a rien à voir avec notre combat. »

Nous convenons qu'un premier repérage à deux en début de soirée suffira, inutile d'attirer l'attention. Malgré la présence de mon maître, un peu fébrile depuis l'humiliante séance du bois, j'ai emporté avec moi dans une mallette, au fond de mon coffre, l'arme que j'utilise lors des entraînements de tir, un SIG-Sauer 9 millimètres qui le plus souvent dort au fond de mon coffre-fort. L'objectif du jour est de comprendre le *modus operandi* des Égyptiens, par où ils arrivent, à quelle heure, avec quelles armes et à combien. Francis à mes côtés, à bord du break Volvo nous sillonnons l'allée au ralenti ; tous les cent mètres, une fille vient nous proposer ses services, mais aucune trace de Laura. Ce n'est pas encore son heure. Je me gare, la fille la plus proche toque au carreau, je lui dis que j'attends Laura, elle me regarde, méfiante : « Qu'est-ce que tu lui veux à Laura ? ». Les minutes passant, je sens la nervosité me gagner et en viens à espérer qu'elle ne travaille pas ce soir.

Vers vingt-deux heures apparaît la relève. Les filles de la nuit arrivent à pied en bande serrée comme une nuée d'étourneaux. Vêtues de survêtements, baskets aux pieds, elles ne ressemblent en rien aux créatures qu'elles vont devenir dans quelques minutes. Laura se tient en début de cortège, sans maquillage, un béret sur la tête, elle pourrait être n'importe quelle femme de son âge qui fume et rit avec ses copines. Je me demande bien où elles habitent, elle et toutes ses collègues, ce qu'elles font de leur temps libre quand elles ne sont pas au bois.

Je m'approche de la bande et fais signe à Laura.

— Encore toi, le bello chico ? Mais on dirait que tu aimes le bois. Ça t'a pas suffi l'autre jour ?

Francis se tient derrière moi, visage fermé, attentif.

— Ici, c'est chez moi aussi vous savez, j'habite tout près.

— Ici, c'est chez toi ? Pfff, je crois pas non, dit-elle en prenant ses copines à témoin.

Dans ma poche, j'ai glissé une liasse de billets, cinq cents euros que j'aimerais lui donner, mais je crains qu'elle ne le prenne mal, elle n'est pas mendiante, elle travaille, quoi qu'on en pense. Et puis pourquoi cinq cents et pas cinq mille ou cinquante mille, qui fixe le prix d'une vie sauvée ?

— Mon ami et moi, on voulait être sûrs que tout va bien, que les types de la dernière fois ne sont pas revenus.

— Sont pas revenus car sont jamais partis. Ils sont quelque part dans les bois et attaquent quand ça leur chante. En général à la fin du service, vers quatre heures du matin, mais parfois aussi à minuit, il y a plus de règles.

— Je vous donne mon numéro, appelez-moi en cas de problème.

— En cas de problème, soit je tape soit je cours, c'est la vraie vie ici mon chico, c'est pas une novella.

— Laura, je voulais vous dire. J'ai une amie qui héberge des sans-abri pas loin d'ici. Elle pourrait vous accueillir, vous trouver un travail. Bushman y est déjà pensionnaire. Vous y seriez bien je crois.

Elle hausse les épaules et s'approche d'une voiture qui vient de ralentir. Le boulot n'attend pas.

Quand je reviens à la Volvo avec Francis, je sens immédiatement que quelque chose ne va pas. Le coffre de la voiture a été forcé. Blême, je commence à trembler : le sac de sport qui contenait la mallette avec mon arme a disparu. J'explique la situation à Francis qui explose de rage.

— Putain mec, tu déconnes, on se sépare jamais de son arme, encore moins dans un lieu comme ici, on fait quoi maintenant ? Le minimum, c'est de porter plainte, tu imagines si quelqu'un est tué avec ?

Le lendemain, après une nuit sans sommeil, je me précipite au centre pour demander de l'aide à Jeanne. Je la trouve assise sur un banc dans la cour ensoleillée, en grande conversation avec Sacha. Ils lèvent les yeux vers moi et me sourient. Jeanne raconte les dernières aventures des habitants du centre. Il y a celui qui vole tout et n'importe quoi en le niant mordicus, même quand on retrouve les objets dans sa chambre, celui qui écoute tous les soirs le répondeur de sa femme morte et explique qu'elle est juste partie faire un tour, celui qui va hériter d'une grosse somme, c'est imminent, et fait sa valise tous les matins. Elle ne les juge pas mais parfois n'a plus la patience d'écouter leurs jérémiades, de chercher à résoudre des problèmes sans solutions, parfois, elle voudrait tout arrêter.

J'attends le départ de Sacha pour lui parler de Laura, lui demande de lui trouver une chambre ici. Dès demain, j'ai un mauvais pressentiment.

D'ordinaire si prompte à se battre pour les âmes perdues, ce matin elle soupire, hausse les épaules, répond qu'elle ne choisit pas ses résidants, Laura doit appeler le 115, prendre un rendez-vous, remplir un dossier. Et puis un trans prostitué, on n'a pas l'habitude, il ne faudrait pas effrayer les autres pensionnaires, ni qu'elle ramène des clients ici.

Sans transition, elle me dit qu'elle songe à s'engager en politique. La maire de Paris vient de lui proposer un poste d'adjointe au logement, elle n'est pas sûre d'avoir une carapace assez épaisse pour la politique mais ne peut pas sans arrêt se plaindre que les élus ne font rien et rester là sans bouger. Au moins elle pourra agir.

Je la regarde, effaré. Je ne sais ce qui me blesse le plus : qu'elle ait expédié aussi vite le sort d'une personne en danger dans les bois, qu'elle ne soit pas là pour moi quand j'ai besoin d'elle ou qu'elle se révèle ambitieuse et attirée par la lumière. J'espérais être son guide dans la vie parisienne, je me rends compte que son petit canot zigzague très bien entre les paquebots. Je comprends son désir de grimper les marches, mais j'ai peur qu'elle m'échappe. La Jeanne que j'aime porte une vieille salopette et n'est qu'amour d'autrui, sans ambition pour elle-même.

Je ne peux m'empêcher d'être déçu, frustré. Est-ce que je compte pour elle ?

En rentrant, je tombe sur Patrick à qui je raconte les événements des dernières vingt-quatre heures. Il me répond, goguenard :

— Installe la pute dans un studio et prends un pourcentage.

Nous rions et ces rires me hanteront longtemps.

22.

La nuit est chaude et claire, Laura est sortie de sa tente fumer une cigarette entre deux clients. Pas une étoile, comme si elles avaient migré vers d'autres cieux plus accueillants.

Elle pense à ce beau bourgeois qu'elle a secouru l'autre jour, qui s'est enfui sans un mot avant de revenir quelques jours plus tard. Un ami de Bushman qui dégage de la douceur, de la tranquillité, avec de beaux yeux aussi, couleur feuilles de papayer. Depuis quand n'a-t-elle pas vu des feuilles de papayer ? Il lui a parlé d'un logement et d'un travail tout près d'ici, peut-être que Dieu a entendu ses prières ou que la chance lui sourit enfin. Cette pensée lui donne une force inhabituelle.

Tout à coup, elle voit des ombres se faufiler dans la nuit et l'encercler. Les Égyptiens sont revenus en force pour se venger. Elle n'est pas surprise de leur présence, elle les attendait.

La lecture de l'ordre de mise en accusation dira qu'ils sont douze ce soir-là. Jamais ils n'ont été aussi nombreux. Le chef du clan, El Nano, a distribué les armes dans le petit pavillon avant l'assaut, et rappelé l'objectif de la soirée : donner une bonne leçon à Laura et à son garde du corps, Boubacar.

Très vite, l'un d'eux assomme le jeune homme qui se relève et prend la fuite.

Laura, restée seule, aperçoit le scintillement des lames de couteau qui se rapprochent. Surtout, ne pas paniquer, se répète-t-elle. Évaluer d'un coup d'œil la situation et adapter sa réaction : combat, esquive ou fuite. Ce soir, ils surgissent de tous les côtés, avec leurs bâtons, leurs couteaux, leurs matraques, ils sont douze et elle est seule. Bêtement, elle a laissé sa bombe lacrymogène dans la tente après le dernier client, trop pressée de fumer sa cigarette.

Face à la meute armée, elle n'a qu'un tesson de bouteille qu'elle ramasse et lance sur l'un d'eux. Hurle son cri de ralliement, *todas, todas*. Un attroupement rapide des collègues, c'est sa seule chance d'éviter d'être rouée de coups. Krystel travaille dans la tente d'à côté, et Ange, son petit ami, ne doit pas être loin.

Deux types se jettent sur elle, le premier la frappe, le second la poignarde au pli du coude. La douleur n'est rien. Tant qu'elle est en vie, elle peut gagner. Elle prend une profonde inspiration et avance, frappe, un coup de poing dans la gorge, un genou dans l'estomac, elle répète ces gestes appris dans la cour de la petite pension de Lima. Les deux Égyptiens reculent, surpris, ils ne s'attendaient pas à une telle force devant eux. Soudain, on lui tire dans la poitrine ; projetée vers l'arrière, elle s'écroule, ne voit plus rien, n'entend plus rien, peine à respirer comme si elle coulait à pic. Personne ne lui tient la main, elle a peur et elle a froid malgré la douceur de la nuit. Pourquoi est-elle venue ici, si loin de son village, si loin des bras de sa mère, si seule ?

Le rapport de police dira que le meurtrier a tiré ce soir-là cinq autres coups autour de lui, qui ne l'atteindront pas elle, mais frôleront ses complices, avant que tous repartent, certains à pied, d'autres en camionnette. Ses collègues la trouveront quelques minutes plus tard, agonisant. Les pompiers seront vite sur place, mais trop tard. Le rapport du légiste dira qu'elle a survécu une minute après avoir reçu la balle, tirée à bout touchant, canon au contact de la peau. Une minute à étouffer dans son propre sang. Commentant les photos du corps, il précisera :

c'est une mort atroce, lente, pas comme dans une série télé. Les photos montreront les autres blessures, une estafilade de cinq centimètres au coude droit provoquée par un couteau de chasse, et trois hématomes provenant d'une matraque.

Laura est morte nue, avec, autour du cou, la petite amulette de la Vierge donnée par la sorcière de Cayalti, à l'époque où sa mère la croyait atteinte d'un virus qui se soigne à coups d'herbes, de prières et de potions magiques.

Le légiste, interrogé pendant plus d'une heure au cours du procès, parlera systématiquement de M. Luis Fuentes, jamais il ne dira « elle » ou « Laura ».

Le lendemain de sa mort, une manifestation rassemble des centaines de collègues dans le bois. Plus tard, une messe est même organisée en son honneur. Dans l'église espagnole de Paris, rue de la Pompe, éclairée d'une lumière douce et tamisée, une lumière d'hiver, ses amies, serrées les unes contre les autres sont toutes là. Une association a offert le billet d'avion à sa mère qui, pour la première fois, traverse l'Atlantique pour aller chercher le corps de sa fille. Elle déclare : « J'ai perdu l'amour de ma vie, je suis là mais je n'habite plus mon corps, mon esprit s'est envolé là-haut pour rejoindre Laura. »

Devant l'autel, plus de fleurs qu'elle n'en reçut durant sa courte vie. D'ailleurs, lui en a-t-on jamais offert ? Ses amies se tiennent la main et chantent, accompagnées de deux guitares et d'un tambour, sous la statue de la Vierge. L'homélie du prêtre se termine par ce verset de la Genèse : *Il te produira des épines et des ronces, et tu mangeras de l'herbe des champs. C'est à la sueur de ton visage que tu mangeras du pain, jusqu'à ce que tu retournes dans la terre, d'où tu as été pris ; car tu es né poussière, et tu redeviendras poussière.*

Ici, dans un des quartiers les plus chics de la capitale, le corps de Laura passe ses dernières heures en France, avant que sa dépouille ne regagne le Pérou où elle sera inhumée dans son modeste village. Sur sa tombe est gravé le nom qu'elle s'est choisi : Laura Fuentes, 1982-2018.

Allée du Pré Catelan, un petit mémorial dressé au bord de la route, décoré de bougies, de fleurs blanches et d'offrandes, lui rend hommage.

Sa mère vit toujours au village et se recueille tous les jours sur la tombe de son enfant.

Laura avait trente-six ans, ce n'est pas un âge pour mourir.

Trois mois après ce meurtre, une autre fille sera fauchée volontairement par une voiture dans le bois, rappelant s'il le fallait que sa mort n'a servi à rien. Laura s'est envolée comme le héron majestueux, comme un grain de sable, une poussière redevenue poussière.

23.

Août 2018

Malgré les dizaines de personnes qui patientent dans le hall, l'officier de police me reçoit sans délai. Il faut dire que je connais bien son commissaire, un partenaire de black jack. Je lui raconte le vol de mon arme dans le bois, tandis que j'étais parti me promener. Il lève les yeux de son ordinateur et esquisse un sourire pas dupe quand il entend le mot promener. J'ajoute que j'ai lu dans un magazine qu'une prostituée avait été tuée par balle. L'officier me regarde, comprenant soudain l'importance de ma déposition. Il dit qu'il n'a pas les détails de l'autopsie, il va vérifier.

Le lendemain, au téléphone il me demande de repasser au poste. Cette fois, je suis reçu directement par mon ami commissaire. Sur des photos de la scène du crime du bois de Boulogne, je reconnais mon arme ainsi que mon sac de sport noir abandonné un peu plus loin. Une de mes balles a tué Laura.

— Tu risques une amende de 750 euros pour non-déclaration immédiate du vol, m'explique le fonctionnaire de police.

— Et c'est tout ? je demande en suant à grosses gouttes.

— Oui. Ton arme était déclarée au registre, ta licence de tir est à jour, tu es libre. Mais reste à la disposition de la police pendant l'enquête, on ne sait jamais.

Quelques jours après la parution de l'article, j'apprends que la famille de Laura porte plainte contre *Paris Match* pour atteinte à la vie privée et à la dignité de la personne. Une association de soutien aux personnes transgenre publie un communiqué qui s'indigne de la photo de son corps parue dans le journal et demande : « Auriez-vous publié la photo du cadavre d'une femme blanche, née à Neuilly-sur-Seine, mère de famille, architecte ou dentiste ? La vie humaine d'une trans vaut-elle moins que les autres ? La rédaction considère-t-elle une victime péruvienne, transgenre, travailleuse du sexe comme une bête de foire dont la dépouille peut être montrée dans un journal à gros tirage ? Une pute qui meurt, c'est un peu comme un personnage de jeu vidéo qu'on tue, c'est pas grave. »

Je prends un café au Flandrin avec le directeur de la rédaction, c'est un ami de mon club de sport du bois de Boulogne. Je lui demande pourquoi il a choisi de publier ces photos d'un cadavre ensanglanté nu et étalé sur deux pages de son journal.

Je vois bien qu'il est embarrassé.

Il m'explique que souvent ce genre de photo suscite dans les rédactions un débat sur ce que les journalistes ont le droit ou pas de montrer. Le devoir d'informer les citoyens est toujours mis en balance avec le respect de la dignité et de la vie privée des personnes présentes sur les clichés. Ainsi, quelques mois plus tôt, la rédaction avait décidé de publier pendant son procès la photo d'Abdelkader Merah, frère de Mohamed Merah, l'homme qui a tué sept personnes dont trois enfants à Toulouse et Montauban en 2012.

La loi française interdit la captation et la diffusion d'images et de sons lors d'une audience judiciaire. Seul le croquis est autorisé. Mais à l'époque, malgré la certitude d'une condamnation à venir, le journal avait assumé la publication de cette photo, car elle éclairait ce qui se passait à l'intérieur du tribunal. Sur ce cliché, on voit l'accusé, en tenue de salafiste, affalé sur lui-même, sourire aux parents des enfants que son frère a tués à bout portant six ans plus tôt. Un sourire de défi ou de mépris selon les interprétations, un sourire qui glace le sang, et qui devait être montré, pour l'histoire, quels que soient les soucis judiciaires à venir.

Point de débat de ce genre concernant l'article dédié à Laura, qui a passé sans difficultés les différentes étapes de validation.

— Cette photo dénonce la violence qui sévit dans cet endroit où la police ne va jamais, m'explique le journaliste. Si ça provoque une prise de conscience chez les policiers et les politiques de la vulnérabilité des personnes qui y travaillent, on aura servi à quelque chose.

Devant mon silence, il soupire puis reprend :

— D'accord, j'ai publié la photo sans me poser de question. Parce que la jungle du bois, les trans, c'est abstrait pour moi. J'ai pris conscience qu'il y avait un être humain sur l'image quand j'ai reçu l'appel de l'avocate de sa famille. J'ai compris qu'au-delà d'une trans abattue comme une bête, il y avait une mère qui a perdu son enfant, des jeunes femmes qui ont perdu leur amie. Des proches qui vivront avec cette image imprimée dans la rétine.

24.

Les jours qui suivent la mort de Laura, je flotte dans un brouillard de culpabilité et de colère, passe des heures à déambuler dans Paris, sans but précis, l'idée de rester chez moi à ressasser cette histoire me rend fou. Je n'ai pas remis les pieds au bois depuis le vol de mon arme. Dans la rue, parfois, la peur me saisit. Quelqu'un va venir me régler mon compte. Qui ?

Dans mes cauchemars, parfois, les Égyptiens me rouent de coups avant de m'achever au couteau. D'autres fois, les collègues de Laura m'encerclent et me demandent des comptes. Le plus souvent, Laura est seule face à moi, me sourit avant de planter ses griffes dans mon cou en hurlant. Je ne pensais pas qu'un fantôme pouvait crier aussi fort. Je me réveille trempé de sueur.

Accroché à l'espoir d'un avenir avec Jeanne qui pourtant ne m'envoie aucun signal, un jour, n'y tenant plus, j'entre dans son petit bureau et lui dis qu'elle est ma première pensée quand j'ouvre les yeux le matin et la dernière quand je les ferme, que je l'ai aimée à la première seconde où elle m'est apparue, au milieu des flammes.

Elle me dévisage en silence, se masse la nuque, finit par dire qu'elle est touchée, m'apprécie beaucoup mais ne partage pas mes sentiments. Son visage se ferme, elle regarde son téléphone, comme embarrassée de ma présence. Et elle enchaîne, dit qu'elle a accepté de participer à la campagne du Parti socialiste pour les prochaines municipales, pas seulement pour militer mais en vue d'intégrer le conseil de Paris. Qu'elle a donné assez de son temps à la salle des machines, se verrait bien plus près du gouvernail, et qu'elle a besoin de reconnaissance, et aussi d'argent.

Elle parle, mais je n'entends plus, résonnent en moi ses mots : « je suis touchée, je t'apprécie beaucoup », froids comme un poulet mort. Elle me demande ce qui ne va pas je réponds « rien » sans un regard. Nous restons encore cinq minutes à échanger des banalités, à nous donner des nouvelles des enfants, du boulot. Des minutes interminables. Elle a maigri, je vois les petites rides au-dessus de la bouche, les vaisseaux éclatés sous les paupières, les joues creusées, comme si l'enfance était partie. Se sent-elle coupable de ne pas avoir abrité Laura ?

J'abrège la conversation, prétextant un rendez-vous. Elle propose de me raccompagner. Nous marchons dans la rue en silence. Je ne la touche pas, ne lui prends pas la main, il y a entre nous un océan de malentendus et de peines. Je voudrais hurler, taper sur les murs, je voudrais des insultes, des cris, tout plutôt que cette indifférence. Parce qu'un jour j'ai pensé qu'elle était tout pour moi alors que je n'étais rien pour elle. Parce que dans son regard, tout à l'heure, j'ai vu de la gêne, presque de la pitié.

Privé de Jeanne, et portant le poids du cadavre de Laura sur les épaules, je me noie. Manque d'appétit, paranoïa, tremblements, je perds toute aptitude à la joie. J'arrête le sport et les entraînements et même le travail, à quoi bon. J'ai tué quelqu'un, par légèreté, par stupidité, et toute ma vie je serai un meurtrier.

La drogue ou l'alcool ne me sont d'aucun secours, seules les visites tous les dix jours chez le rabbin de la rue Copernic apaisent mon esprit en feu.

Je ne sais pas pourquoi je lui parle de ma grand-mère, qui a réussi à se cacher à Antibes pendant la guerre et a échappé aux Allemands, mais pas son fils, le grand frère de mon père, arrêté dans la rue à Monte-Carlo, envoyé à Auschwitz.

Je lui raconte les étés chez elle à Biarritz, dans un château posé au milieu d'un immense parc, point de ralliement des Vladi pendant l'été, où elle accueillait cousins, cousines, oncles et tantes, qui débarquaient de toute l'Europe et même des États-Unis. Grand-mère payait tout, l'armée de domestiques, les banquets joyeux, les bouquets de fleurs dans chaque chambre, les cours de natation pour les plus jeunes, et de maths pour les lycéens paresseux.

Jusqu'à un âge avancé, elle jouait au golf, au casino, au bridge. À la fin de sa vie, elle passait ses journées dans sa chambre et parfois j'avais le droit de l'y rejoindre pour lui faire le récit détaillé de ma journée au Club Mickey ou, plus tard, de mes séjours linguistiques. Desquels je retranchais quelques détails, comme la fois où, parti aux États-Unis, j'avais embrassé ma voisine dans l'avion, avant de lui préférer, sur place, sa copine plus entreprenante.

Assise dans son lit, elle fumait ses Gitanes, buvait du brandy, et m'écoutait imperturbable, sans poser plus de questions qu'il ne fallait.

J'avais demandé à mon père pourquoi elle ne parlait jamais de son fils disparu, il lui avait posé la question une seule fois, et elle avait répondu « j'ai décidé d'être heureuse ». Ils n'en avaient jamais reparlé depuis.

Un jour néanmoins, j'avais vu sa carapace de bonheur se fissurer. En 2000, à l'occasion de Yom HaShoa, la cérémonie de commémoration des victimes de la Shoah, sous le pont Bir-Hakeim, elle avait participé pendant vingt-quatre heures à la lecture des noms, prénoms et âges de la moitié des 76 000 Juifs de France déportés dans les camps, lus convoi par convoi. Parmi la vingtaine de noms qu'elle avait égrenés, lentement, pour ne pas écorcher l'un d'entre eux, se trouvait celui de mon oncle, son fils, Isaac Vladi. Je n'avais pas lâché sa main pendant la lecture, et la tenais toujours, quand, vers trois heures du matin, un vieil homme s'approcha de nous et demanda d'une voix blanche si nous étions parents d'Isaac Vladi. L'homme portait un vieux carnet en similicuir noir à la main qu'il tendit vers nous. Il nous dit que ses parents étaient dans le même convoi qu'Isaac, et avaient noté les noms et prénoms de tous leurs compagnons du convoi, pour donner des nouvelles aux familles quand ils rentreraient. Scrupuleusement, ils avaient mis une croix en face de ceux qui mouraient, au fur et à mesure, pendant l'interminable voyage. Sa mère était revenue et avait transmis le carnet à son fils. Je vois une croix, là, en face d'Isaac Vladi. Grand-mère avait serré ma main plus fort, à me faire mal. Son visage était resté de marbre, mais pour la première fois, j'avais vu des larmes noyer ses yeux et rouler sur ses joues. « Tu es triste grand-mère », avais-je fini par murmurer. « Non, non, mon petit, je suis heureuse, je sais à présent que mon Isaac n'a pas eu à connaître les camps. »

Je raconte au rabin Jeanne, Bushman et Laura. Je lui raconte ma tentative d'être un homme bon qui s'achève dans le sang.

Il me dit que je n'ai tué personne, que je suis victime moi aussi, on m'a agressé puis volé. Il ajoute que si le gang du bois était décidé à la tuer, il y serait parvenu avec ou sans mon arme.

Bien qu'un peu facile, cette lecture des événements me réconforte un instant.

Il me dit aussi que ma spirale de haine et de vengeance est vouée à l'échec, que, contrairement à ce que j'ai appris au Betar, la Torah récuse la loi du talion et encourage la réconciliation. Ne te venge pas et ne garde pas rancune. Aime ton prochain comme toi-même. Il me dit aussi de façon énigmatique : « Tu as passé beaucoup de temps à te connaître, maintenant, apprends à t'aimer. »

Moi qui dormais sur le ventre en bon insouciant, depuis la mort de Laura, je dors sur le côté, en position fœtale, comme tous les inquiets. Parfois, quand je sursaute et bondis hors du lit, Bénédicte m'enlace pour me rassurer. Elle me dit qu'elle est là, qu'il ne faut pas avoir peur, pourtant elle ne me pose aucune question. Je la sens préoccupée, pressée de retrouver un mari maître du monde, mais peu curieuse de savoir ce qui m'a mis à terre.

J'apprends à vivre avec les insomnies. Durant ces heures presque blanches, je décide de tout regarder d'un œil neuf.

Depuis ma naissance, j'appartiens à un système où tout a été décidé par d'autres pour moi, où il ne faut pas trop réfléchir sur soi. Aujourd'hui, je vois ce qui me manque, mon territoire vidé de toute magie, de tout mysticisme, ma vie dépouillée de projets. La rencontre avec des êtres si éloignés de moi, Jeanne, Bushman, Laura, m'a ramené à ma condition d'enfant, à la vie réelle. Je voudrais partager ma nouvelle science, la diffuser. Je me sens neuf, de mieux en mieux, désinhibé. Conscient quand même que je dois me reposer, j'achète des capsules de valériane, qui puent la mort, censées me faire dormir. Je remplace le café par de la tisane, le thé de l'après-midi par du tilleul : rien n'y fait. J'essaie de calmer ce sentiment d'euphorie, mais je suis allé trop loin. Après quelques nuits où je ne dors plus que trois ou quatre heures, je ne dors plus du tout. Dans la journée, je rejoins Bushman et ses chats au parc de Bagatelle qui m'écoutent patiemment : je commence à monologuer, tout m'inspire, tout prend du sens. Je suis venu sauver le monde, pas moins que ça, le délire commence.

Moi qui ne prends jamais les transports en commun, je me souviens que je suis dans le métro, station La Muette, je me laisse tomber : on me bouscule, on me soulève. Je me retrouve allongé sur le ventre, tenu de tous côtés, je me débats, je crie, je ne peux plus bouger ; et dans le bras, une douleur inouïe.

Au réveil, Bénédicte se tient devant moi visage défait. Les pompiers m'ont ramassé dans le métro, je délirais, ils m'ont emmené à Saint-Anne. Ma paupière est lourde, sûrement l'effet du valium. Bénédicte a dû signer une HDT, comme on dit dans le jargon, une hospitalisation à la demande d'un tiers, qui permet d'enfermer quelqu'un et de l'assommer de médicaments. Les yeux gonflés, elle me dit que je vais sortir vite, j'ai eu un coup de fatigue, rien de grave. Je vois bien qu'elle ne reconnaît pas l'homme qui est devant elle, qu'il lui fait peur, elle voudrait que je reprenne ma place parmi ceux qui vont vite, marchent droit, ne doutent jamais.

Plus tard, je songerai à la phrase de Jeanne : « la folie, tu préfères l'avoir en tableau ». Quand elle se propulse dans la rue, qu'elle remue la vie bien ordonnée d'une famille, on la rentre au plus profond de la chair avec des seringues de fer. On assèche les racines à coups de produits puissants, car on ne connaît pas cette sorte de plante, on a peur de ce mystère.

Bénédicte dit qu'elle va me laisser aux infirmières et à ma « prise du soir ». Je lui demande de rester. Tandis que ces derniers temps, nous avions du mal à échanger plus de trois phrases par jour, je déverse sur elle un flot ininterrompu de paroles. Je lui raconte la rencontre de Jeanne, la virée au bois avec Bushman, le tête-à-tête avec Laura, l'enchaînement des événements jusqu'au drame. À mesure que j'avance dans le récit, je sens ma maison intérieure, fermée à double tour, s'ouvrir, je sens l'air s'engouffrer dans mes poumons et la vie en moi se réveiller.

Quand mon récit s'achève, elle me regarde avec tendresse

— Je suis heureuse que tu me parles enfin.

25.

Trois ans ont passé depuis la mort de Laura, et je me réveille encore souvent en sueur après un violent corps à corps avec elle. Parfois son fantôme me laisse en paix des semaines entières puis surgit de nulle part comme un chat qui vous saute sur les genoux. À l'approche du procès des assassins présumés, il me rend visite toutes les nuits. J'ai suivi l'enquête dans les journaux, classé dans une grande chemise les articles relatant l'arrestation du gang des Égyptiens, traqué sur Internet les témoignages de sa famille et de ses amies, qui me disent un peu plus qui elle était.

Bénédicte est restée près de moi. Elle a chassé les intrus venus prendre des nouvelles quand j'allais mal, m'enlace les nuits où je me réveille en sursaut, me caresse les tempes ou la nuque pour que je m'endorme, multiplie les petites attentions, des fleurs fraîches dans le salon, mon plat préféré – le gratin jambon-coquillettes – et du café chaud quand je me lève. Elle s'est inquiétée quand j'ai demandé à être entendu comme partie civile au procès, elle a craint que je replonge, je l'ai rassurée.

En septembre 2021, j'écris au magistrat du parquet près la cour d'appel de Paris pour connaître la date du procès. J'en profite pour lui demander quand se tient une audience technique concernant le terroriste Carlos, auquel je m'intéresse depuis des années.

Il me répond que le procès « fuentes » débutera début 2022, et l'audience concernant Carlos, le 22 septembre à 9 h 30 en salle Ezratty.

Laura n'a droit ni à son prénom, ni à une majuscule à son patronyme entre guillemets, comme s'il brûlait les doigts, ni à une date, ni à un lieu. Mieux vaut être terroriste international que trans et prostituée.

Pourtant le procès aux assises est exceptionnel par sa durée, trois semaines, et le nombre d'accusés derrière le box, dix.

Je n'attends rien de la confrontation avec les assassins, ni du verdict, je suis là pour Laura, pour ses collègues qui travaillent toujours au bois, et réclament la vérité. Je voudrais leur dire qu'elles ne sont pas seules. Plus le procès approche, plus je me trouve ridicule avec mes états d'âme. Bien sûr qu'elles sont seules. Bien sûr qu'elles souffrent dans le bois et manquent de tout pendant que j'enrichis ma famille qui l'est déjà tant. Je ne suis pas là pour Laura ou ses amies, je suis là pour moi, parce qu'après avoir essayé sans succès le valium, la méditation, le jeûne, ce procès est la seule issue pour retrouver le sommeil, courir à nouveau dans le bois sans trembler, apaiser cet eczéma qui couvre mon cou et ma poitrine. Depuis la mort de Laura, je ne peux plus affronter le bois sans voir des stries rouges sur les troncs d'arbres ni entendre des cris effrayants. Les hêtres le long de la route sont devenus des potences. J'ai besoin de partager ma rencontre avec Laura, son courage, le vol de mon arme, mes remords de ne pas avoir appelé la police immédiatement, ni porté plainte, ni mis la jeune femme à l'abri.

Boulevard du palais, la salle Voltaire, solennelle, majestueuse avec ses boiseries, ses dorures et ses lustres, contraste avec la misère du bois. Je songe que c'est ici même que se sont tenus les plus grands procès d'assises : Petiot, Landru, Pétain, Guy Georges, Merah. Comme si la justice m'avait entendu, les assassins de Laura ont droit à un procès de stars du crime.

Ce qu'ils ne sont pas. Quand entrent les dix accusés, menottés en survêtement ou tee-shirts, leur jeunesse me saisit. Les terreurs de la route du Pré Catelan, presque tous mineurs au moment des faits, des gamins, ont aujourd'hui entre 20 et 29 ans. Agités, certains peinent à rester en place, se tordent sur leur siège, se lèvent, et hurlent en arabe. Derrière chacun d'eux, deux policiers armés qui savent déjà qu'ils auront fort à faire pour maintenir le calme dans le box. Je suis séparée d'eux par une vitre en Plexiglas et une nuée de gendarmes, et pourtant je ne peux m'empêcher d'être sur mes gardes, de sursauter quand l'un d'eux se lève brutalement. Je songe à ce qu'ont vécu Laura et ses collègues qui les affrontaient tous les soirs.

Arrivent la présidente du jury, robe noire à larges manches, les deux assesseurs, les six jurés, et tout le monde se lève en silence.

Je m'assois sur le banc des parties civiles, face à la cour, à côté des collègues de Laura, Jocelyne, Karen et Krystel venues assister à l'audience. Élégantes, coiffées, sanglées dans de grands manteaux beiges ou noirs, sacs Gucci ou Prada à la main, elles se tiennent bien droit, la tête haute. Je défie quiconque les croise ce jour-là d'imaginer qu'elles se prostituent au bois, la nuit, sur des chemins de terre sans éclairage. Les Égyptiens se trouvent à un mètre d'elles dans leur box. Elles n'ont pas revu ces garçons qu'elles connaissent bien depuis la soirée du meurtre il y a plus de trois ans maintenant, mais les reconnaissent tous. Certains les ont volées, d'autres violées, d'autres encore tabassées. L'ironie du sort veut que le plus proche d'elles physiquement soit El Nano, le chef du gang, qui leur sourit avec morgue.

Elles se serrent les unes contre les autres, pour ne pas s'écrouler. Les accusés tournent la tête vers elles, l'un d'eux fait un geste d'égorgement avec son pouce en les regardant fixement. Son voisin mime le silence avec son index. Elles affrontent leur regard. Parfois ils hurlent dans leur direction avant d'être expulsés par les escortes policières sur ordre de la présidente du tribunal.

Les collègues de Laura savent que certains sortiront dans quelques années et reviendront au bois. Mais elles sont là, chaque jour, attentives, écoutant sans broncher le médecin légiste, l'expert balistique, les enquêteurs de personnalité, les témoins, les avocats des uns et des autres. Elles ne se plaignent jamais. Parfois l'une d'entre elles sort de l'audience quand la tension devient trop forte, fume une cigarette et revient aussitôt. Leur simple présence dit nous sommes là, nous sommes vivantes, vous ne nous faites pas peur.

Au bout d'une semaine démarre l'audition des témoins et des parties civiles, j'appréhende un peu, en tant qu'avocat, j'ai beaucoup fréquenté les tribunaux mais jamais à cette place du témoin.

Avant moi s'avance à la barre le premier témoin, qui décline son identité, Ange Robert, peintre en bâtiment, compagnon de Krystel. Frêle, impressionné par l'audience, il s'exprime d'un filet de voix à peine audible. Malgré le micro, les jurés tendent l'oreille. Il a appelé le Samu le soir du meurtre. Depuis des mois, spectateur impuissant de la montée de la violence sur le secteur des Péruviennes, il essayait d'aider, faisait des rondes avec sa voiture, des dizaines et des dizaines de rondes autour de la zone de travail de ses amies. Quand il apercevait les Égyptiens armés de matraques, barres de fer et même couteaux de la taille d'un avant-bras, il klaxonnait pour tenter de les dissuader et attirer l'attention des patrouilles de police. La police d'ailleurs, qu'il a appelée plusieurs fois, et qui répondait « désolé, on ne sait pas exactement où vous êtes », parfois « on arrive » mais personne ne venait jamais.

Ce soir-là, il tourne en voiture dans le bois quand il aperçoit soudain une dizaine d'hommes sortir en courant d'un chemin de terre. Il rejoint les filles choquées car des coups de feu ont été tirés, et inquiètes car Laura manque à l'appel.

Peu après, l'une d'elles la retrouve nue, allongée sur le dos, ensanglantée. Ange appelle les pompiers qui lui dictent les premiers secours, il pose ses doigts sur la plaie pour arrêter le saignement. Il entend les sanglots des filles autour de lui, mais ne voit plus rien, pour l'instant, sa seule mission est de garder son index et son majeur collés sur la plaie au thorax de son amie, sans savoir si elle vit toujours. Quand les soignants arriveront, il refusera un instant de quitter son poste auprès de Laura, de peur que sa respiration ne s'éteigne.

Je regarde cet homme dont la voix tremble, il a du mal à articuler, la présidente du tribunal lui demande plusieurs fois de parler plus fort et dans le micro, on sent que chaque mot est un effort, des mots simples qui disent le chagrin, la douleur, l'impuissance. Sa vie a basculé cette nuit-là comme la mienne, je vois dans ses yeux cernés le sommeil chaotique, les cauchemars, je ne sais rien de lui mais nous sommes liés pour toujours désormais, nous vivons avec le meurtre de Laura sur les épaules. « Je l'ai vu mourir, dit-il d'une voix qui déraille, j'essaie d'effacer ces images qui me hantent, j'ai vu ses yeux se fermer et ça, je ne peux l'oublier. »

Pendant les pauses, les Égyptiens se parlent, rient, l'écho de leurs voix résonne dans la salle d'audience et vient frapper au cœur les amies de Laura.

Boubacar est le deuxième témoin à s'exprimer, il raconte comment par amour il est devenu le garde du corps des filles. Ce maudit soir, il est posté devant un arbre quand il entend des voix, des cris, et le fameux *todas, todas*. S'approchant de la tente de Laura, il reçoit un coup derrière la nuque, un autre sur le poignet, perd connaissance, puis s'enfuit dès qu'il ouvre les yeux.

Pendant son audition, silencieux un long moment, le regard dans le vide, il relève la tête, fixe la présidente et dit d'une voix étouffée : « J'aurais voulu être fort, assez fort pour les chasser, je n'ai pas su protéger Laura, j'ai échoué. Je ne suis jamais retourné au bois. »

Après lui c'est au tour de Krystel de témoigner et de raconter les bagarres quotidiennes, les coups qui pleuvaient sur elles comme la pluie. « Nous sommes toutes des combattantes, dit-elle, nous sommes au bois pour gagner notre vie. Mais Laura était spéciale, décidée à se battre, à résister, moi je n'avais pas son courage, sa force, je me laissais faire. Laura était indestructible enfin c'est ce qu'on croyait. On se retrouvait souvent chez Karen le week-end pour cuisiner et regarder des séries, on riait beaucoup. Je travaille au bois depuis dix-sept ans, c'est un miracle que je sois encore en vie. Combien de morts avant que ça cesse ? »

À mon tour, je me lève pour témoigner, je prends mon temps pour dérouler le texte que j'ai répété tant de fois devant ma glace. Je raconte la soirée au Pré Catelan, la virée avec Bushman, puis l'agression quelques jours plus tard et comment Laura s'est interposée pour me sauver la vie. Je marque une pause. « Poursuivez », me demande la juge aussitôt. Je suis retourné au bois décidé à en découdre avec mes agresseurs, j'avais pris mon arme au cas où, je l'ai laissée dans le coffre, je n'aurais pas dû et Laura est morte.

L'avocate d'une association qui lutte contre la prostitution me demande avec un sourire narquois ce que je faisais au bois à cinq heures du matin. Je lui répète mon histoire à laquelle elle ne semble pas croire une seconde. Je dis que, même si je n'ai pas tiré, je porte le sang de Laura sur les mains, que je fais des cauchemars et ne dors plus depuis. Je sais bien qu'elle est morte par ma faute.

Dans la salle, j'aperçois Bénédicte dans son grand manteau beige, assise à côté des amies de Laura. Je ne sais pas depuis quand elle est là, silencieuse, concentrée, grave. Quand je regagne ma place, ses yeux me sourient.

Après la pause, la présidente d'une association qui défend les trans prend la parole. Elle s'en prend à la loi de 2016 interdisant la prostitution : « Pendant que vous faites des rapports au chaud dans vos palais, nous les putes, on va gagner notre vie au bois. Pendant que vous préparez des lois pleines de bonnes intentions, nous les putes, on meurt seules dans des chemins de terre. »

Après cette journée éprouvante, Bénédicte et moi prenons un café sur la terrasse chauffée du bistrot, en contrebas du Palais. Je croise les regards d'Ange et de Boubacar qui descendent les marches de cet impressionnant édifice. Bénédicte leur fait signe de nous rejoindre. Nous restons silencieux, à contempler le va-et-vient permanent des camions de police devant le tribunal. Les mots sont inutiles, nous savons tous les trois que les morts sont bien vivants, ils vivent en nous et ne nous laissent aucun répit.

26.

La deuxième semaine commencent les auditions des Égyptiens, qui se rejettent la faute avec des scénarios plus rocambolesques les uns que les autres, si bien que plus la fin du procès approche, moins on comprend l'enchaînement des événements et encore moins qui a porté le coup fatal. À la barre, les terreurs du bois se révèlent décevantes, ils n'ont rien fait rien vu rien entendu, se trouvaient là « par hasard » ou « à la demande d'un ami ».

Ce qui me frappe, c'est la similarité de leurs parcours. Enfance pauvre en Égypte, souvent dès six ans sur les chantiers, puis le départ vers la Libye et la traversée de la Méditerranée avec le rêve d'une vie meilleure. Les barques prévues pour cinquante où l'on embarque à deux cents, le chavirage, les cadavres qui flottent, la fin de la traversée à la nage jusqu'à la Sicile. Et enfin, l'arrivée à Paris, porte de la Chapelle, dans la petite communauté des Égyptiens. Les petits boulots au noir qui s'enchaînent, les soirées dans un bar à chicha à regarder le foot et jouer aux jeux vidéo, jusqu'à la découverte du bois, corne d'abondance où ils commencent à voler, c'est facile et ça rapporte, puis à racketter, encore plus lucratif.

La dernière semaine, arrive le moment le plus attendu du procès, la déposition d'El Nano. Le cerveau du clan se tient debout, chemise blanche un peu ouverte, face à la cour. Il parle vite, sans hausser le ton, et accompagne ses paroles de gestes jusqu'à mimer certaines scènes. Il déclare :

— Je suis triste pour la victime et je souhaite exprimer mes condoléances à sa famille, aux avocats des parties civiles et à toutes les personnes ici présentes. Je suis un voleur. J'allais dans les bois pour voler les clients des prostituées.

Il charge un de ses complices :

— Le soir du meurtre, Mohamed m'appelle, me dit qu'il veut régler cette histoire, on se retrouve au bar à chicha où il passe son temps. On était censés aller au bois pour faire peur aux gardes du corps et rien d'autre. Mohamed tenait le pistolet, moi la matraque. Quand la victime a vu que nous étions nombreux, elle a crié. Elle avait une bouteille en verre qu'elle a cassée. Avec la matraque je l'ai touchée au niveau de la jambe. Pardon, excusez-moi. Paix à son âme. Une personne noire est apparue avec une lampe torche. Je voulais lui faire peur, je l'ai poursuivie. Puis j'ai entendu des tirs et des cris. Je n'ai pas vu le corps de la victime, le tireur était derrière moi. Je me suis retourné et j'ai vu qu'il pleuvait des coups sur la victime. Mohamed a crié « Courez tous, il y a la police ».

Le Nain marque une très courte pause et déclare : « Je suis un sale voleur. » Il se met à pleurer. Sa voix se fait plus grave, se brise, ses paroles sont accompagnées d'une longue plainte larmoyante. Durant toute la déposition, les accusés regardent devant eux ou baissent la tête. Mohamed, lui, s'est tourné, il fixe El Nano d'un air impassible en le massacrant du regard.

La présidente rappelle au Nain qu'il est décrit comme le plus violent, le plus méchant selon les témoignages des prostituées.

Elle cite les témoignages des filles, les violences, les vols, les viols :

— L'une d'elles, Maria, vous l'avez violée avec un couteau sous la gorge.

— Je vole, je peux menacer verbalement. Mais vous croyez vraiment que je violerais un homme !? En plus, on dit que je suis riche, si je voulais une prostituée je pouvais la payer. J'ai commis des vols. Mais j'ai été gentil avec les prostituées. Je leur donnais des cigarettes.

La présidente lit des interceptions téléphoniques avec une certaine Linda, sa petite amie, et avec sa mère :

— Le 4 septembre 2018, avec votre mère vous parlez beaucoup d'argent, d'acheter un terrain à bâtir, une robe de mariage.

— Oui, mes parents étaient très heureux de recevoir des cadeaux de ma part.

Il revient sur son parcours, celui d'un ouvrier consciencieux.

— Je suis en France depuis onze ans, je travaille dans le bâtiment. Je n'ai commencé à voler qu'il y a deux ans, pas plus.

La présidente lit de nouvelles écoutes téléphoniques :

— Par Allah le Majestueux, lui, je vais le mettre en morceaux. Lui, je vais lui ouvrir le crâne en deux.

Commentaire du Nain :

— C'est une façon de parler.

Je suis frappé par l'intelligence d'Ibrahim, le vrai nom du Nain, et par son sens de la formule. À la juge qui lui rappelle qu'il est désigné comme faisant régner la terreur sur son petit carré au bois de Boulogne, il répond : « Je ne suis pas propriétaire de terrain en France. »

Puis il conclut : « Aux filles, je leur souhaite du courage car elles galèrent, comme moi. Je ne cherche pas les problèmes, ce sont les problèmes qui viennent à moi. Si je suis celui qui a commis ce crime, je vous demande de me tuer tout de suite. »

L'avocat du Nain, dans sa plaidoirie, parlera longtemps du choc de deux misères venues des antipodes, mettant les bourreaux et les victimes dans le même grand sac de la pauvreté et de ses ravages sur les individus, qui poussent à quitter ses parents très jeune, à fuir son pays, à voler ou à se prostituer pour survivre. Laura et son meurtrier appartiennent à la même humanité souffrante, nous dit l'avocat. Que peuvent donc comprendre ceux qui les jugent de leurs parcours et de leurs vies ?

Je songe que la même humanité souffrante peut produire le meilleur et le pire. Je regarde Ibrahim puis les filles, me demande d'où vient le mal, pourquoi, avec des parcours similaires, certains sont dans le box des accusés encadrés par des policiers, d'autres libres sur le banc des parties civiles. Est-ce que certains d'entre nous sont porteurs d'un gène pathologique dès le départ ou sont frappés aléatoirement au cours de leur vie ?

Sommes-nous tous des porteurs sains, que la vie va faire basculer d'un côté ou de l'autre ?

Les deux principaux suspects, El Nano et Mohamed, sont condamnés à vingt et vingt-deux ans de prison pour « meurtre en bande organisée ». Quatre autres sont condamnés à cinq ans dont deux avec sursis et sortent libres, après deux années de préventive. Le dernier écope de six ans pour violences volontaires ayant entraîné la mort sans intention de la donner, compte tenu de la préventive, il sort bientôt.

Les amies de Laura, qui attendaient « la vérité » et « des réponses », sont déçues. On ne saura jamais qui a tiré.

Pendant ce procès, je comprends que la justice n'est pas faite pour qu'éclate la vérité. Elle se réunit un jour, deux jours, trois semaines, entend les témoins, les accusés, les experts, les enquêteurs, écoute les plaidoiries des avocats de la victime, de l'avocat général, celles de la défense, qui se succèdent selon une chorégraphie très prévisible, puis la cour se retire, délibère et rend une décision convenable, balancée, prononce une sanction humaine, qui à la fois rassure l'opinion, apaise les parties civiles et tient compte de la surpopulation carcérale.

Le travail de la justice s'arrête là, elle ne répare pas, ne dit pas la vérité, n'apporte pas de réponse, ne sonne pas la fin. Elle fait ce qu'elle peut. On ne saura jamais ce qui s'est passé cette nuit-là. Seuls deux hommes connaissent la vérité et ils l'ont emportée avec eux dans leur cellule. Deux hommes et les hêtres de la route du Pré Catelan.

27.

Anne Hidalgo réélue, Jeanne, appelée par ses nouvelles missions à la mairie, a quitté La Promesse de l'aube. Je fais partie de ses contacts et reçois des invitations automatiques à des inaugurations et colloques auxquels je ne vais jamais. Pendant une longue période, mon cœur se serrait à la seconde où arrivait dans ma boîte un de ses messages pourtant envoyé par un robot à des centaines de personnes. À présent, j'ai accepté l'idée que nos deux routes ne s'enlaceraient pas, que nos deux vies auraient chacune une existence autonome où l'autre n'a pas sa place.

La Promesse de l'aube est toujours là, cachée par les arbres. D'après la chambre des notaires, le prix du mètre carré dans le quartier n'a pas baissé. Il a au contraire augmenté de vingt pour cent dans les trois ans qui ont suivi « l'invasion », comme partout dans Paris d'ailleurs.

Les habitants du quartier reconnaissent que le centre ne pose aucun problème, la plupart nient s'être un jour opposés à son installation. Depuis sa création, il a accueilli six cents personnes, dont deux cents enfants scolarisés dans les écoles du quartier.

Le printemps au bois arrive d'un seul coup, comme un flash de soleil et de chaleur après le long sommeil de l'hiver. Les arbres gris et assoupis, deviennent verts et éclatants, couverts de feuilles et d'oiseaux piaillant de joie, indifférents à nos peines.

Je suis à l'arrière du camion. Tonino conduit, le père Jean-Philippe à côté de lui. Depuis la fin du procès, tous les jeudis après-midi, je travaille comme bénévole au sein de l'association Magdalena, qui sillonne les allées du bois, sert café, thé et gâteaux secs aux filles et leur distribue des préservatifs. Elles me connaissent, me guettent, m'appellent par mon prénom, parfois elles me racontent leur vie, parfois elles sont fatiguées, veulent juste une cigarette ou un café. Entre nous, une conversation qui s'interrompt et reprend chaque semaine, un peu décousue, alternant fous rires et longs silences.

Au fil du temps, j'apprends à connaître leurs préférences, celles qui veulent trois sucres dans le café pour l'effet coup de fouet, celles qui ne veulent surtout pas de sucre parce que ça fait grossir, celles qui réclament trois parts de brioche pour tenir jusqu'au soir, et repartent les mains pleines, les innocentes. Je ne sais même pas pourquoi je suis là, parfois je me dis que je vais arrêter, que ce n'est pas ma place, et puis je reviens. Les rares fois où je ne peux venir, elles m'engueulent la fois suivante, on t'a attendu la semaine dernière, souvent leurs visages rayonnent quand elles m'aperçoivent dans le camion, d'une joie simple, sincère, une joie d'enfant. Voilà, c'est sûrement pour cela que je reviens, parce qu'elles m'attendent. Parmi elles, j'apprends la patience, l'intensité de la lenteur, de la répétition. Il y a des moments d'ennui, des moments où on voudrait être ailleurs, découragé par tant de souffrance, et tout à coup, par surprise, une rencontre vous rend heureux. Les premières semaines, j'étais frustré de n'apporter aucune solution. « Mais tu es la solution, m'a dit le père Jean-Philippe, parce que tu les regardes et que tu les écoutes. Tu sais, la plus grande détresse n'est pas le manque d'argent ou la précarité mais l'invisibilité et la solitude. »

Chaque semaine, le camion passe devant le parc de Bagatelle où Bushman a vécu si longtemps avec ses chats aussi errants que lui, jusqu'à ce qu'un cancer du foie le foudroie. Après quelques séances de chimio, vite laissées tombées, reclus dans sa cabane, aidé et ravitaillé par des bénévoles, il a abandonné le combat. Un gardien l'a trouvé mort un matin dans son lit, deux chats endormis sur lui.

Dans le camion, je laisse mes habits du dehors, je suis un être humain qui rencontre d'autres êtres humains, sans filtre. Certaines me croient prêtre, me demandent une prière, s'agenouillent à mes pieds en joignant les mains. Moi, l'ashkénaze du shtetl, je les bénis et récite avec elles le *Notre Père* que j'ai appris par cœur, une bien jolie prière. Je prie pour que Dieu les protège, que les clients soient gentils avec elles, qu'elles restent en bonne santé, Amen.

J'ai demandé au père Jean-Philippe comment il comprenait cette phrase de Jésus : les prostituées vous précéderont dans le royaume de Dieu.

— C'est simple, me dit-il avec son regard doux, contrairement à nous autres, pharisiens, tellement certains d'être purs, elles savent qu'elles sont impures et cela leur donne de l'avance sur nous.

Nous passons devant la tente de Krystel, qui se précipite dès qu'elle entend le camion. Vêtue d'un magnifique manteau en faux cuir, elle me montre fièrement ses nouvelles boucles d'oreilles, à l'effigie de San Benito, saint Benoît. Elle loge à l'hôtel, 65 euros par jour, dans une chambre minable à Pigalle où le chauffage ne marche pas. « Il faut que je fasse 80 euros pour rester hors de l'eau. » Elle ajoute : « Ça fait dix-sept ans que je fais ça, j'en aurai jamais honte, mais là c'est trop mauvais pour ma santé, je vais arrêter. » On parle formation, boulot, elle n'a aucune idée de la façon de s'y prendre pour sortir d'ici. Elle hausse les épaules : « Au moins je suis vivante, c'est ça l'essentiel. »

Un long silence s'installe dont nous connaissons tous les deux le prénom. « Et toi, comment ça va ? » me demande-t-elle avec un sourire désarmant, une question qui me surprend toujours venant des filles du bois. Pourtant, aujourd'hui, je peux dire que je vais bien.

Remerciements

Certains personnages s'inspirent de personnes existant ou ayant existé, néanmoins leurs portraits sont fictifs, de même que les événements qui les entourent.

Je suis très reconnaissante à tous ceux qui m'ont aidée dans mes recherches. Merci à l'association Magdalena, en particulier à Michel Sart et Steve Fiehl, qui m'ont montré la lumière au milieu du chaos ; à Giovanna Rincon et à l'association Acceptess-T au courage infini ; au père Barthélemy de la paroisse Sainte-Cécile ; à Mathieu Garin et à toute l'équipe de La Promesse de l'aube.

Merci au peintre Ricardo Cavallo d'avoir partagé avec moi ses dessins enfouis, tableaux et histoires du bois ; à mes collègues de Gennevilliers et de l'avenue de Friedland, indulgents quand je ne rappelais pas tout de suite ; à Véronique Cardi et Jeanne Morosoff, éditrices dont rêve tout écrivain ; à David Weil, professeur de Torah, de patience et de vie ; à ma famille pour son amour et son soutien constant.

CET OUVRAGE A ÉTÉ COMPOSÉ PAR NORD COMPO
POUR LE COMPTE DES ÉDITIONS J.-C. LATTÈS
17, RUE JACOB, 75006 PARIS
ET ACHEVÉ D'IMPRIMER SUR ROTO-PAGE
PAR L'IMPRIMERIE FLOCH À MAYENNE
EN FÉVRIER 2023

PAPIER À BASE DE
FIBRES CERTIFIÉES

JC Lattès s'engage pour
l'environnement en réduisant
l'empreinte carbone de ses livres.
Celle de cet exemplaire est de :
500 g éq. CO_2
Rendez-vous sur
www.jclattes-durable.fr

N° d'édition : 01 – N° d'impression : 102086
Dépôt légal : mars 2023
Imprimé en France